"Du bist ganz toll!"
- Erziehungsratgeber für starke Kinder

Hochsensible Kinder erziehen ohne zu schimpfen
und der richtige Umgang mit ihren Talenten & Schwächen

Brigitte Bacher

Brigitte Bacher

VIRTUOSO
books and more

1. Auflage 2020

Brigitte Bacher

VIRTUOSO
books and more

1. Auflage 2020

ISBN 978-3-96709-019-2

Inhaltsverzeichnis

Vorwort

Warum habe ich dieses Buch geschrieben? Und wovon profitierst du, wenn du es liest?

Mein Wunsch ist es, mit diesem Buch über die Hochsensibilität bei Kindern aufzuklären und dir beziehungsweise deinem Kind zu zeigen, wie es spielerisch lernt, mit seiner Feinfühligkeit umzugehen.

Es gibt so viel Spannendes über die Hochsensibilität zu erfahren. Zum einen wird dir dieses Buch helfen, dein Kind besser zu verstehen und zum anderen lernst du die unglaublichen Talente deines sensiblen Kindes kennen.

Da ich selbst eine sensible Person bin, kann ich dich und dein Kind sehr gut verstehen und weiß, wie schwer ihr es manchmal im Alltag habt. Ich kenne aber auch die schönen Seiten der Hochsensibilität, die eindeutig überwiegen! Es ist wundervoll, sensibel zu sein und vieles zu spüren, was andere vielleicht nicht oder weniger intensiv wahrnehmen.

Dein Kind ist GANZ TOLL, genau wie es ist!

Egal, ob es ein hochsensibles, hochbegabtes oder gefühlsstarkes Persönchen ist.

Nicht jedes sensible Kind gleicht dem anderen. Es gibt große Unterschiede unter Hochsensiblen.

Manche von ihnen sind Synästhetiker, andere nicht. Manche haben eine Hochbegabung in einem bestimmten Bereich, andere sind zum Beispiel emotional intelligent oder sehr kreativ.

Lasse dich nun einführen in die Welt der Hochsensibilität, um dein Kind optimal zu fördern.

Lernt gemeinsam, auf die speziellen Bedürfnisse hochsensibler Kinder einzugehen und entdeckt die besonderen Talente, die oft mit der Hochsensibilität einhergehen.

Viel Freude dabei!

Deine Brigitte Bacher

Was dich in diesem Buch erwartet

Jeder Mensch ist einzigartig und individuell. Manche sind introvertiert, manche extrovertiert, einige sind selbstbewusst und unempfindlich, andere sensibel und gefühlvoll.

Wir sind alle unterschiedlich – und es ist auch gut so.

Die menschliche Einzigartigkeit und Individualität kann man bereits bei kleinen Kindern beobachten. Sie entwickeln sich unterschiedlich, haben verschiedene Charaktere und reagieren ganz individuell auf ihre Umwelt.

Immer wieder treffe ich auf besorgte Eltern, die der Meinung sind, dass ihr Kind "irgendwie anders" ist. „Das Kind ist oft nachdenklich, weinerlich und reagiert auf die kleinste Stresssituation sehr empfindlich. Bei jeder Kleinigkeit wird geweint, bei jedem falschen Blick geht die Welt unter."

Kommt es dir bekannt vor? Fühlst du dich als Elternteil manchmal überfordert? Willst du dein hochsensibles Kind unterstützen, weißt aber nicht, wo und wie du anfangen sollst?

In diesem Ratgeber findest du alle wichtigen Informationen und Tipps zum Thema "Hochsensibilität bei Kindern". Ganz egal, ob dein Kind hochsensibel oder einfach nur ein sensitives Persönchen ist, sicher wird dir mein Erziehungsratgeber helfen.

Du findest in meinem Buch nützliche **Erziehungstipps für den Alltag, die Schule, das soziale Miteinander sowie zur Gesundheit**.
Die **spielerischen Übungen und Meditationen** sollen deinem Kleinen helfen, sich zu entspannen und sein Selbstvertrauen aufzubauen.

Darüber hinaus erfährst du, welche **typischen Merkmale und Symptome zur Hochsensibilität gehören** und wie du und dein Kind damit am besten umgehen könnt, um ein harmonisches, liebevolles und kindgerechtes Miteinander zu gewährleisten. Außerdem erwartet dich ein **Test**, mit dem du prüfen kannst, **ob dein Kind hochsensibel ist** und vieles mehr!

Dieser Ratgeber ersetzt keine medizinische oder psychotherapeutische Behandlung. Er hilft dir vielmehr, dein Kind zu verstehen und gibt dir einige Gedankenanstöße und erzieherische Methoden zur Unterstützung auf den Weg.

1. Einführung in die Hochsensibilität bei Kindern

Heutzutage wird viel Wert auf ein liebevolles, offenes Miteinander zwischen Eltern und Kindern gelegt. Mütter und Väter machen sich Gedanken, wie sie ihr Kind am besten erziehen sollen und hinterfragen sämtliche Erziehungsmethoden, die ihnen von Medien und Fachleuten vorgestellt werden.

Auch wird heute mehr auf die Individualität und das persönliche Empfinden der Kinder geachtet. Das sind die besten Voraussetzungen, um hochsensible Kinder zu verstehen und sie optimal zu unterstützen. So kann dein kleiner Schatz sich in seiner Persönlichkeit entfalten und **ein starker Erwachsener werden**. Denn gerade in unserer schnelllebigen und bunten Gesellschaft ist es für dein sensibles Kind wichtig, ein **festes Fundament** und einen **sicheren Hafen** zu haben, wo es sich ausruhen und Kraft tanken kann.

Im folgenden Text erfährst du nun alle Grundlagen von mir rund um die Hochsensibilität bei Kindern.

1.1. Hochsensibilität – nur eine "Modediagnose"?

Als Modediagnose kann man die Hochsensibilität (kurz: HS) nicht bezeichnen. Noch vor 20 Jahren hat man die betroffenen Kinder nicht wirklich wahrgenommen. Jeder ist anders, dachte man.

In der heutigen Zeit ist Hochsensibilität kein unbekanntes Wort mehr.

Meinem Empfinden nach wird dieses Thema in unserer Gesellschaft und in den Medien immer präsenter. Dieses psychologische Phänomen weckt auch zunehmend das Interesse vieler Ärzte, Pädagogen, Psychologen und Wissenschaftler aus anderen Fachbereichen. Und es freut mich. Denn hochsensible Kinder haben es nicht leicht. Sie müssen lernen, mit ihrer intensiven Wahrnehmung und daraus resultierendem Verhalten zurechtzukommen. Den Schätzungen zufolge sind etwa 20 Prozent der Kinder in Deutschland hochsensibel. Diese kleinen Wesen wollen verstanden und akzeptiert werden - so wie sie sind.

Die Hochsensibilität ist nichts „Unnormales“ und auch keine Krankheit. Die Betroffenen neigen einfach dazu, Informationen und Reize intensiver wahrzunehmen und detaillierter zu verarbeiten als ihre Mitmenschen - eine ganz tolle und positive Eigenschaft, die leider im Alltag den Betroffenen oft im Weg steht. Der Umgang mit hochsensiblen Kindern will gelernt sein. Der erste, dafür notwendige Schritt ist, die Hochsensibilität als solche zu erkennen.

„Hilfe, mein Kind ist anders!“

Ich habe hier einige kleine Fallbeispiele geschildert, mit denen du vielleicht dein Kind identifizieren kannst:

Die zehnjährige Kathrin kann keine negative Stimmung ertragen. Das friedliche Miteinander ist für sie enorm wichtig. Bei den kleinsten Missverständnissen wird sie traurig und kann nachts kaum einschlafen. Die Müdigkeit am nächsten Tag hat eine negative Auswirkung auf ihre schulische Leistung.

Philip, acht Jahre alt, kann ausrasten, wenn sein kleiner Bruder in sein Hochbett steigt. Er fühlt sich bedrängt und verletzt, wenn jemand seine persönliche Grenze überschreitet.

Philip ist stundenlang beleidigt und fühlt sich missverstanden. Dieses Verhalten belastet auch seine sozialen Kontakte.

Anne ist neun Jahre alt und kann es nicht ertragen, wenn ihr Lieblingskleid in der Wäsche ist. Wenn ihre Mutter ihr ein anderes Kleid zum Anziehen gibt, kann Anne stundenlang weinen. Sie liebt das grüne Kleid mit dem Blumenmuster. Und nur das. Sie fühlt sich von ihrer Mutter hintergangen, weil sie ihr Lieblingskleid weggenommen hat.

Kathrin, Philip und Anne sind nette, gut erzogene und hochsensible Kinder. Durch die intensive Wahrnehmung ihrer Umgebung reagieren sie mit einem extremen Verhalten, auch wenn es dafür keinen offensichtlichen Grund gibt. Sie fühlen sich bereits bei wenig Stress überfordert und erschöpft. Der Höhepunkt ihres Stressempfindens ist schneller erreicht als bei ihren Altersgenossen.

Die Kinder sind mit solch einem Verhalten und Gefühlschaos oft überfordert. Da es sich bei der Hochsensibilität nicht um eine Krankheit handelt, müssen die Kinder nicht besonders therapiert werden. In erster Linie geht es darum, dass die Eltern den richtigen Umgang mit ihrem hochsensiblen Kind finden und es unterstützen. Das ist nur möglich, wenn du als Elternteil das Phänomen der Hochsensibilität verstehst.

Um die Welt der Hochsensiblen zu begreifen, machen wir gemeinsam einen kleinen Ausflug in die Forschung.

Ursprünge der Forschung von Hochsensibilität

Im Vergleich zu vielen anderen Forschungsfeldern im Bereich der Psychologie und Medizin steckt die Forschung der Hochsensibilität noch in den Kinderschuhen. Den Anfang machte die amerikanische Psychotherapeutin Elaine Aron. In den 1990er Jahren merkte sie, dass sie irgendwie "anders" ist. Sie fühlte sich zwar nicht krank, spürte aber, dass sie auf die äußeren Einflüsse empfindlicher und extremer als ihre Mitmenschen reagierte.

So widmete sie sich ganz der Erforschung ihres Empfindens, Verhaltens sowie ihrer Gefühle. Elaine Aron prägte den Begriff der Hochsensibilität (Englisch „HSP“ = highly sensitive person).

HS-Kinder („Hochsensible Kinder“) besitzen ein äußerst sensibles Nervensystem. Dadurch nehmen sie die kleinsten Details und Reize in ihrer Umgebung wahr – es kommt schnell zur Reizüberflutung.

<u>Es gibt vier Indikatoren für Hochsensibilität:</u>

Emotionale Intensität

Die Hochsensiblen unter uns reagieren überdurchschnittlich stark auf verschiedene Situationen. Sie empfinden sowohl negative als auch positive Gefühle besonders intensiv. Oft sind diese Menschen über ihre starke Überempfindlichkeit selbst verwundert und haben das Gefühl, ihre Emotionen nicht unter Kontrolle zu haben.

Verarbeitungstiefe

Die Hochsensibilität hat auch ihre Vorteile. Die betroffenen Menschen verarbeiten die aufgenommenen Informationen tiefgründig und intensiv.

Sie denken vernetzt, verstehen komplexe Zusammenhänge, reflektieren und haben eine unglaublich schnelle Auffassungsgabe. Mit dem richtigen Umgang sind all diese Eigenschaften gute Begleiter im schulischen Alltag.

Sinnessensibilität

Alle Sinne der hochsensiblen Menschen arbeiten auf Hochtouren. Ihre Wahrnehmung ist detailliert und intensiv. Sie sind extreme "Viel- und Feinfühler“.

Überregbarkeit

Ein einfaches Beispiel aus dem Schulalltag: Die Viertklässlerin kann die Pausen auf dem Schulhof nicht ertragen. Die lauten Kinder, die durch die Gegend rennen, belasten das hochsensible Mädchen.

Die vielen visuellen und auditiven Reize überfordern ihr Nervensystem. Es kommt zu Überregbarkeit.

All die Reize sowie das intensive Empfinden und Reagieren können vor allem die Kinder seelisch und körperlich überfordern und erschöpfen. Die Aufgabe der Eltern ist es, das Kind zu unterstützen und ihm den richtigen Umgang mit inneren und äußeren Einflüssen beizubringen.

Die Ursachen für Hochsensibilität

Warum die Hochsensiblen eine höhere Reizempfindlichkeit haben, ist noch nicht genau erforscht. Aufgrund der familiären Häufung nehmen die Forscher an, dass die betroffenen Menschen ein bestimmtes, genetisch bedingtes Konstrukt in ihrem neuronalen System besitzen. Somit ist die Hochsensibilität vermutlich vererbbar und angeboren. Wichtig zu wissen ist, dass es sich dabei nicht um eine Krankheit oder psychische Störung handelt. Es ist lediglich eine Überreaktion auf Reize und Stimmungen. Eine erhöhte Aktivität im Hypothalamus – einem Bereich im Zwischenhirn, der unsere Gefühle kontrolliert – könnte die Ursache dafür sein.

Aufgrund der gegenwärtigen aktiven Forschung im Bereich der Hochsensibilität bin ich mir sicher, dass wir uns in den nächsten Jahren auf viele neue Erkenntnisse freuen dürfen.

1.2 Die "sinnlichen" Anzeichen

Mittlerweile weiß man, dass Hochsensibilität geschlechtsunabhängig ist. Trotzdem wird bei den Jungen die sensible Seele als weniger „normal“ empfunden.

"Du bist doch ein Junge. Jungs dürfen nicht weinen. Du bist doch ein zukünftiger Mann, du musst stark sein." Das sind Sätze, die hochsensible Jungen oft hören. Zu Unrecht. Die kleinen Männer wollen genauso wie Mädchen verstanden und von der Familie und ihrem sozialen Umfeld akzeptiert werden. Ein Bedürfnis, das für jeden Menschen wichtig ist. Für die kindliche Entwicklung ist es jedoch von essentieller Bedeutung.

Ich kann mich sehr gut an einen sechsjährigen Jungen namens Noah erinnern. Bei jedem lauten Geräusch hielt er seine Ohren zu. Der lichtgeflutete Spielplatz an einem wunderschönen Sommertag hat ihn auffällig stark gestört. Oft endete der Spielplatzbesuch mit einem Wut- oder Weinanfall. Und jedes Mal tat mir die Mutter leid. Gefühle der Verzweiflung, der Machtlosigkeit und auch das Schamgefühl sah man ihr deutlich an. Damals habe ich die Situation nicht wirklich verstanden. Ja, das Kind war anders. Jedes Kind ist anders. „Er hat bestimmt gerade schlechte Laune oder eine schwierige Phase", das waren die Gedanken, die bei mir im Kopf herumschwirrten. Heute weiß ich: die Hochsensibilität des Jungen war und ist die Ursache für sein außergewöhnliches Verhalten.

Die hochsensiblen Kinder haben ausgeprägte Sinne. Man könnte sagen: Sie nehmen alle Reize ihrer inneren und äußeren Umwelt wahr – ganz ohne Filter. **Die uns umgebenden Reize kann man in drei Kategorien aufteilen.**

Zu den **inneren Reizen** gehören Gefühle und Gedanken sowie die biologischen Reize wie Durst, Hunger oder Schmerz. **Externe Reize** werden über die fünf Sinne Hören, Sehen, Fühlen, Schmecken und Riechen von außen wahrgenommen. Außerdem reagieren hochsensible Menschen auf **Reize aus ihrer sozialen Umgebung**. Sie spüren ganz genau die Stimmung ihrer Mitmenschen und haben ein ausgeprägtes und feines Gespür für Gestik und Mimik.

„Ist mein Kind hochsensibel?“

Sicherlich stellst du dir jetzt diese Frage. Die Vermutung, einen "Vielfühler" zuhause zu haben, hast du bestimmt schon länger. Sonst würdest du wahrscheinlich jetzt diesen Ratgeber gar nicht lesen. Ich helfe dir dabei, diese Fragen zu beantworten.

Es gibt einige HSP-Tests, die ich im sechsten Kapitel „Ist mein Kind hochsensibel?“ genauer beschreiben werde. Zunächst möchte ich aber auf die möglichen **Anzeichen** für Hochsensibilität bei Kindern eingehen.

Eine auffallend starke Auswirkung auf das hochsensible Wesen haben die externen Reize, die über die menschlichen Sinnesorgane aufgenommen werden. Deshalb nehme ich diese besonders unter die Lupe:

Seh- und Gehörsinn
- das Kind sieht viele Details und ist dadurch schnell überfordert
- lautes Fernsehen und viel Lärm (fahrende Züge, laut spielende Kinder) belasten es
- es nimmt auch sehr leise Geräusche wahr und ist schnell abgelenkt

Geschmacks- und Geruchssinn
- das Kind ist sehr wählerisch und reagiert beim ungewollten Essen mit Würgereflex
- mag keine kohlensäurehaltigen Getränke
- mag keine geschmacksintensiven Lebensmittel und breiige Konsistenz
- auf Parfüms und Duftkerzen reagiert es gereizt

Spürsinn
- das Kind mag nicht duschen und weint beim Zähneputzen und Frisieren
- mag keine Berührungen und Temperaturschwankungen
- reagiert empfindlich auf bestimmte Materialien (z. B. ein kratziger Pullover)
- verweigert das Tragen von unbekannten Kleidungstücken
- vermeidet das Barfußgehen

Außerdem spielen **Gefühle** eine große Rolle. Die hochsensiblen Kinder fühlen sich oft mit anderen Menschen stärker verbunden, Kunst und Musik "bewegen" ihre Seele, auch an ihre Träume können sie sich meist gut erinnern.

Für Sensibilität können auch folgende Verhaltensweisen sprechen:

- Das Kind ist passiv und mag keine Veränderungen
- Routine ist ihm enorm wichtig
- Es ist ängstlich und weinerlich

Etwa 70 Prozent der hochsensiblen Kinder sind introvertiert, 30 Prozent weisen ein extrovertiertes Verhalten auf.

Der Mensch ist ein soziales Wesen und braucht Freunde. Für Kinder sind soziale Kontakte unabdingbar und beeinflussen weitgehend ihre Entwicklung. Deine Aufgabe ist es, deinem Kind die Sicherheit in der sozialen Interaktion zu geben, ihm zu zeigen, dass es liebenswert ist und es dabei zu unterstützen, feste Freundschaften zu finden. Wie das geht, erfährst du noch.

1.3 Synästhesie bei Kindern

Die Fantasie und Logik der Kinder haben schon etwas Besonderes. Mal versteckt sich im Schrank ein Drache, die Wolke am blauen Himmel verwandelt sich plötzlich in eine Ente und der Malstift wird zu einem Zauberstab. Mit den Kindern wird es nie langweilig.

Es gibt jedoch Kinder, die nicht nur eine blühende Fantasie an den Tag legen und sich dabei tolle Geschichten ausdenken, sie leben mit einem psychologischen Phänomen: Synästhesie.

Wenn das "Backe, backe Kuchen"-Lied plötzlich grün ist und der Stuhl nach Vanille-Eis schmeckt, dann handelt es sich um ganz besondere Kinder. Während die meisten Kinder auf verschiedene Reize nur mit einem Sinn reagieren, haben die Kinder mit Synästhesie ein ganzes Feuerwerk an

Sinneswahrnehmungen. Plötzlich werden Töne gesehen, Farben geschmeckt und Zahlen gefühlt. Die Synästhetiker reagieren auf Reize ihrer Umwelt gleichzeitig mit unterschiedlichen Arealen ihres Gehirns. Dabei handelt es sich um ein neurologisches Phänomen, das die Hypersensibilität der Sinnesorgane beschreibt. Wie viele Menschen davon betroffen sind, ist nicht erforscht. Den Schätzungen zufolge könnten **vier Prozent der Menschen** davon betroffen sein. Über Synästhesie ist noch nicht viel bekannt. Ob dieses Phänomen sich erst mit dem Erlernen von Sprache, Formen und Farben entwickelt oder bereits in den Genen des Fötus im Mutterleib vorhanden ist, konnten die Wissenschaftler bis jetzt noch nicht entschlüsseln.

Synästhesie ist keine Krankheit. Es ist vielmehr eine besondere Anlage einer spezifischen Vernetzung im Gehirn und die Fähigkeit, mehrere Sinne gleichzeitig wahrzunehmen. Früher hielt man Synästhesie für eine Wahrnehmungsstörung. Heute weiß man, dass es sich dabei um eine außergewöhnliche Gabe handelt. Zum Glück. Der Maler Wassily Kandinsky, der Komponist Franz Liszt und der Dichter Johann Wolfgang von Goethe gehören zu den berühmten Synästhetikern. Fällt dir etwas auf? Tatsächlich wurde eine Verbindung zwischen synästhetischen und kreativen Persönlichkeiten gefunden. Die meisten Menschen mit diesem Phänomen haben eine kreative und musische Veranlagung.

Übrigens: Ein wenig synästhetisch sind wir alle. Die Fachleute nennen es den **Bouba-Kiki-Effekt**. Als ich zum ersten Mal von diesem Effekt hörte, musste ich lachen. Der Name hat schon etwas Besonderes. Die Forscher konnten mit einem einfachen Experiment nachweisen, dass fast alle Menschen mit dem Wort "Bouba" eine runde Form und mit dem Wort "Kiki" eher eine eckige Form in Verbindung bringen. Es handelt sich um eine interessante Verknüpfung der Hirnareale – einem Wort wird eine Form zugeordnet.

In der Psychologie nennt man dieses Phänomen "Cross-modale Korrespondenz". Die Nicht-Synästhetiker nehmen diese Korrespondenz nur auf Nachfrage war. Welche Form hat für dich das Wort "Bouba"? Du denkst nach und gibst mir dann die Antwort auf diese Frage. Bei Synästhetikern passieren solche Assoziationen hingegen regelmäßig und unwillkürlich.

Hochsensibilität und Synästhesie

Auffällig ist, dass bei hochsensiblen Kindern Synästhesie häufiger als bei anderen Menschen vorkommt. Nur ein Zufall? Nein. Genauso wie die Hochsensiblen nehmen die Synästhetiker Reize aus ihrer Umwelt viel detaillierter war.

Viele betroffene Kinder sprechen nicht über diese Fähigkeit, da sie diese als völlig normal und selbstverständlich wahrnehmen und davon ausgehen, dass alle anderen die gleiche Sinnesverschmelzung haben.

Wenn du als Elternteil feststellst, dass dein Kind Synästhesie hat, darfst du es auf keinen Fall als "nicht normal" oder gar psychisch krank abstempeln. Sätze wie "bist du verrückt?" oder "hör mit dem Blödsinn auf" sind tabu. Nutze lieber die besondere Gabe deines Kindes für die Schule. Assoziatives Lernen ist eine hervorragende pädagogische Methode und wird sehr oft in Bildungseinrichtungen aller Art angewandt.

Lass dein Kind die Synästhesie als Gedächtnisstütze zum Erlernen von Fakten oder Fremdsprachen nutzen und den Lernstoff mit anderen Sinnen verknüpfen. So kann das Gelernte leichter gemerkt werden und das spielerische Lernen macht noch mehr Spaß.

1.4 High Sensation Seeker Kinder

Wie bereits erwähnt sind etwa 30 Prozent der hochsensiblen Kinder extrovertiert. Sie sind kommunikativ, abenteuerlustig und kontaktfreudig – die Hochsensibilität sieht man ihnen auf den ersten Blick nicht an.

Ein weiteres Phänomen, das bei hochsensiblen Kindern vermehrt auftritt, ist das sogenannte "Sensation Seeking".

Marvin Zuckermann, ein bekannter amerikanischer Psychologe, hat das psychologische Konstrukt "Sensation Seeking" erforscht. Dabei handelt es sich um ein Persönlichkeitsmerkmal, das Menschen charakterisiert, die nach intensiven, herausfordernden und sogar gefährlichen Eindrücken aktiv suchen. Die Kinder mit Sensation Seeking haben meist ein lautes, selbstbewusstes sowie freches Auftreten. Gegenüber ihren Geschwistern verhalten sie sich oft dominant. Solche Kinder sind sehr aktiv und energiegeladen. Wenn zu viele Reize auf sie einwirken, neigen sie jedoch zur Überreizung. Elaine Aron nannte dieses Phänomen im Zusammenhang mit Hochsensibilität als "High Sensation Seeking" (HSS). Sie beschreibt HSS als eine Sonderform der Hochsensibilität. Die HS-Seeker machen immer einen Spagat zwischen Langeweile und Reizüberflutung. Einerseits brauchen sie Abenteuer, andererseits müssen sie immer bereit sein, auf die Bremse zu treten. Wenn Reize sie überfluten, haben sie ein Bedürfnis nach Rückzug. Ja, solche Kinder gehören definitiv nicht zum Mainstream. Vielleicht kommt dir so eine Situation bekannt vor: Dein Kind ist eigentlich ruhig und schüchtern, es braucht aber regelmäßig einen Kick in Form einer extremen Sportart oder abenteuerlicher Reisen.

High Sensation Seeker sind:

- impulsiv und spontan
- auf der Suche nach starken Emotionen

- leicht zu begeistern
- stehen oft im Konflikt mit sich selbst
- bei Reizüberflutung brauchen sie eine Rückzugsmöglichkeit
- haben viele unterschiedliche Interessen
- Motivation und Demotivation kommen oft im Wechsel vor

Gar nicht so einfach, all diese widersprüchlichen Anteile in sich zu integrieren. Die Kinder müssen lernen, ihre Bedürfnisse zu akzeptieren und mit ihnen zu leben. Für die Eltern heißt es: akzeptieren und leben lassen. Die Kinder sind eigenständige Persönlichkeiten, die Halt und Sicherheit brauchen. Die Herausforderung besteht darin, das Verlangen nach Neuem mit einer riesigen Flut von Reizen zu vereinbaren und diese gut zu verarbeiten.

High Sensation Seeker oder Scanner Persönlichkeit?

Im Zusammenhang mit dem psychologischen Konzept "High Sensation Seeker" hört man oft den Begriff einer Scanner Persönlichkeit, was nichts anderes als *Vielbegabung* heißt. Etwa 10 Prozent der Menschen sind davon betroffen.

Genauso wie High Sensation Seeker lieben Scanner Persönlichkeiten vielfältige Aktivitäten, Spannung und haben die Eigenschaft, sich schlecht auf eine Sache konzentrieren zu können. Auch beim Entscheiden haben sie Probleme.

Zwei sehr ähnliche psychologische Phänomene, die sich grundlegend im Folgenden unterscheiden: Ein High Sensation Seeker möchte ständig etwas Neues entdecken, um dabei einen Nervenkitzel zu erleben. Ein Scanner hingegen möchte sich aufgrund seiner Vielbegabung auf seine noch nicht ausgelebten Talente fokussieren und diese ausleben.

2. Hochbegabung bei Kindern

Maria tanzt gern und nimmt deshalb regelmäßig Ballettstunden. Zudem spielt sie seit der Grundschule Tischtennis und besucht einen außerschulischen Spanischkurs. Sie singt im Chor, bastelt gern und engagiert sich in der Theater-AG. Zeit fürs Lernen und Freunde findet sie auch.

Das Gefühl, dass Maria mit dem strikten Wochenplan überfordert ist, haben ihre Eltern nicht. Die schulischen Inhalte sind für ihre Tochter nicht ausreichend. Sie braucht eine sportliche, kreative sowie intellektuelle Förderung, sonst fühlt sie sich gelangweilt.

- Ist dein Kind auch flinker als seine Altersgenossen?
- Hat es viele Interessen und ist oft ungeduldig? Braucht es viel Abwechslung?
- Ist dein Kind ein guter Mitspieler und Zuhörer und kann sich leicht in andere Menschen hineinversetzen?
- Wird es deinem Kind schnell zu viel, wenn es gleichzeitig vielen Reizen ausgesetzt ist?

Kommen dir diese Eigenschaften und dieses Verhalten irgendwie bekannt vor? Sicherlich! Denn genau diese Punkte haben wir bereits in den früheren Kapiteln in Bezug auf Hochsensibilität behandelt.

Wie du bereits weißt, haben hochsensible Kinder die Gabe, ihre Umwelt detaillierter und intensiver wahrzunehmen. Sie haben eine erhöhte

Empfänglichkeit für äußere Reize wie Gerüche oder Geräusche sowie innere Reize wie Gefühle und die Stimmung anderer.

Diese Eigenschaft ermöglicht es den hochsensiblen Kindern, viele Informationen gleichzeitig aufzunehmen. Durch das vernetzte Denken verknüpfen die Kinder diese Informationen, dies fördert besonders ihre intellektuelle Leistung. Die Gehirnprozesse der hochsensiblen Kinder sind daher gut trainiert und weisen multidimensionale Denkstrukturen auf. Die Hochbegabung weist ebenso diese Eigenschaft auf.

Interessant ist, dass viele der Hochsensiblen hochbegabt sind sowie viele Hochbegabte ein gewisses Maß an Hochsensibilität aufweisen. Bereits im Säuglingsalter entwickeln viele hochsensible Kinder aufgrund der ungefilterten Reize eine geistige Hochbegabung. Diese Kinder wirken auf ihre Mitmenschen als "normal". Dank der Hochbegabung schaffen diese Kinder, ihre Hochsensibilität zu überspielen. Sie versuchen, ganz entspannt und gelassen zu wirken – versteckt hinter der intellektuellen Maske. Im Inneren sind sie oft verzweifelt, überfordert und erschöpft.

Wichtig ist, dass du als Elternteil die Hochbegabung deines Kindes akzeptierst und sein Verhalten und seine Intelligenz nicht mit anderen vergleichst. Die Kombination beider Phänomene kann auch viele positive Aspekte mit sich bringen. Sie ermöglicht den Kindern das Leben in all seinen Facetten zu erleben, Kreativität und Inspiration aus der Umwelt zu schöpfen und neue Perspektiven und Wege zu beschreiten.

Dein Kind kann seine Begabung nicht einfach abstellen, es muss lernen, möglichst viel daraus zu schöpfen und sie produktiv in seine Persönlichkeit sowie sein Leben zu integrieren. Dabei solltest du die Rolle des Begleiters übernehmen und deinem Kind jederzeit den notwendigen Halt geben.

Theorie der Multiplen Intelligenzen

Der Psychologe Howard Gardner hat bereits im Jahr 1983 seine Theorie der Multiplen Intelligenzen vorgestellt. Seine Behauptung war, dass die Menschen viele unterschiedliche Arten von Intelligenzen besitzen.

Er beschreibt die Intelligenz als Fähigkeit, vorhandene Probleme zu lösen und Produkte zu erschaffen, die in unterschiedlichen Kulturkreisen gefragt werden. Diese Fähigkeit besteht nach Gardner aus acht folgenden Intelligenzformen:

Logisch-mathematische Intelligenz:

(Berufsbild: Logiker, Mathematiker und Naturwissenschaftler)

Menschen, die die Fähigkeit besitzen, wissenschaftliche Fragestellungen zu untersuchen, Probleme zu analysieren sowie überdurchschnittlich schwere mathematischen Operationen erfolgreich durchzuführen, weisen eine logisch-mathematische Intelligenz auf.

Bildlich-räumliche Intelligenz:

(Berufsbild: Piloten, Schachspieler, Grafiker und Architekten)

Sensibilität für Bilder und Räume gibt den Menschen mit bildlich-räumlicher Intelligenz die Möglichkeit, große Räume sowie begrenzte Raumfelder zu erfassen.

Sprachlich-linguistische Intelligenz:

(Berufsbild: Dichter, Autoren, Politiker, Lehrer)

Sprachliche Intelligenz beschreibt die Fähigkeit, Sprachen schnell zu erlernen und diese zu bestimmten Zwecken einzusetzen.

Musikalisch-rhythmische Intelligenz:

(Berufsbild: Musiker, Künstler, Tänzer)

Die Menschen mit musikalisch-rhythmischer Intelligenz haben die Begabung zum Komponieren und Musizieren. Sie fühlen die Musik und haben sozusagen den Rhythmus im Blut.

Körperlich-kinästhetische Intelligenz:

(Berufsbild: Sportler, Tänzer, Handwerker)

Diese Intelligenz beschreibt, wie gut eine Person den eigenen Körper in Bezug auf Bewegung und Feinmotorik kontrollieren kann.

Naturalistische Intelligenz

(Berufsbild: Naturforscher, Entdecker)

Naturalistische Intelligenz beschreibt die Fähigkeit, Elemente der Umwelt zu kategorisieren, diese zu verstehen und mit ihnen zu interagieren.

Interpersonale Intelligenz

(Berufsbild: Erzieher, Lehrer, Ärzte)

Die Menschen mit der interpersonalen Intelligenz besitzen ein hohes Maß an Empathie. Sie fühlen und verstehen andere Menschen, genauso ihre Stimmung und Gefühle. Besonders hochsensible Menschen haben eine ausgeprägte Form der interpersonalen Intelligenz.

Intrapersonale Intelligenz

Eine weitere Begabungsform, die besonders oft bei hochsensiblen Menschen vorkommt, ist die intrapersonale Intelligenz. Dabei versteht die betroffene Person eigene Gefühle sowie Stimmungen besonders gut und kann diese gegebenenfalls beeinflussen. Diese Form der Intelligenz hilft oft bei der Entscheidungsfindung und ist in jedem Berufsbild relevant.

Mit herkömmlichen IQ-Tests können lediglich nur drei Intelligenzformen gemessen werden, nämlich die logisch-mathematische Intelligenz, die bildlich-räumliche Intelligenz sowie die sprachlich-linguistische Intelligenz. Alle anderen Intelligenzformen können nur in Eigenschaften und Verhaltensweisen der Menschen festgestellt werden. Bei hochsensiblen Menschen sind die intrapersonale und interpersonale Intelligenz besonders gut ausgeprägt. Dies deutet nochmals auf eine bestehende Korrelation zwischen hochsensiblen und hochbegabten Kindern hin.

3. Sensible und schüchterne Kinder

Still, unauffällig und zurückgezogen – so werden meist die schüchternen Kinder beschrieben. Sie mögen keine Menschenansammlungen, sprechen nur, wenn sie nach etwas gefragt werden. Manchmal herrscht auch dann Stille. Und groß ist die Verwunderung, wenn man das Kind doch mal reden hört: *"Oh, dein Kind kann ja sprechen?!"*. Diesen Satz haben sicherlich schon einige Eltern mit schüchternem Nachwuchs gehört.

Mag dein Kind keine Kindergeburtstage? Würde es nie auf fremde Kinder aktiv zugehen und versteckt es sich bei jedem Kennenlernen anderer Menschen hinter dir? All diese Verhaltensweisen deuten auf die Schüchternheit deines Kindes.

Man unterscheidet in der Regel zwischen zwei Arten der Schüchternheit:

Unter der **anerzogenen Schüchternheit** versteht man eine erlernte Eigenschaft. Diese wird meist durch dominante Erziehungsmethoden, Gewalt in der Familie, Mobbing sowie soziale Isolation verursacht. Die Kinder erlernen die Schüchternheit situationsbedingt, verlieren ihr Selbstbewusstsein und ziehen sich komplett zurück.

Bei der **angeborenen Schüchternheit** hingegen handelt es sich um eine individuelle Charaktereigenschaft. Das Kind ist von Natur aus schüchtern und reagiert empfindlich auf die äußeren Reize – ein mögliches Anzeichen der Hochsensibilität.

Die Angst vor der negativen Kritik anderer Menschen – so bezeichnete der Experte für Angsterkrankungen Borwin Bandelow die Schüchternheit.

Er stellte fest, dass sensible Kinder sich vor Konflikten in der Schule, großer Aufmerksamkeit sowie der Bewertung ihres Verhaltens oder ihrer erbrachten Leistung ängstigen. Solche Kinder bekommen bei jedem schulischen Referat oder dem Aufruf im Unterricht regelrecht Lampenfieber. Diese Situation treibt ihren Stresspegel in die Höhe. Ihre feinen Antennen sind ganz empfindlich und reagieren auf die kleinste Kritik. Solche Kinder haben es in der Schule nicht leicht. Im Unterricht verhalten sie sich eher passiv, was nicht unbedingt förderlich für die Benotung ihrer mündlichen Leistung ist. Oft werden schüchterne und sensible Kinder von der Lehrkraft falsch eingeschätzt. Das Schubladendenken lässt grüßen. Die reaktive Kette beginnt: nicht gemeldet – nicht gelernt – nicht motiviert – nicht fleißig – also blöd und faul. Leider kommen solch ein Denken und Verhalten seitens der Lehrkräfte an den Schulen immer wieder vor: unprofessionell in ihrem Verhalten und unfähig, sich in die Kinder hineinzuversetzen, vor allem in Schüler, die aus der Norm fallen. Mehr Kontrolle, Aufklärung und Weiterbildungen mit Fokus auf Kinderpsychologie und kindliche Entwicklung würden die Anzahl solcher Lehrkräfte definitiv minimieren.

To-Do für die Eltern

Die Aufgabe der Eltern besteht darin, ihr schüchternes Kind zu unterstützen, ihm Halt und Mut zu geben. Sensible Kinder reagieren ähnlich wie schüchterne Kinder auf die Reaktionen und Kritik anderer. Sie fühlen sich gekränkt und ziehen sich häufig zurück. Dadurch leiden die sozialen Kontakte und das Kind fällt noch tiefer in den Graben der sozialen Phobie – ein Kreislauf. Die Angst und die Selbstzweifel wachsen weiter und haben eine Auswirkung auf die gesamten Denk- und Lernprozesse. Sobald du als Elternteil merkst, dass dein Kind sich immer mehr zurückzieht und die schulischen Leistungen nachlassen, solltest du so schnell wie möglich handeln. Viele Eltern, besonders die Mütter, neigen dazu, ihr Kind zu sehr zu behüten. Sie versuchen dem Kind, soweit es geht, all die unangenehmen Situationen zu ersparen, indem sie die möglichen Kontakte weitestgehend reduzieren. Solche Methoden sind definitiv kontraproduktiv. Kritisiere nie das Verhalten deines Kindes. Versuche Schritt für Schritt durch Zuspruch und viel Verständnis ein gesundes Selbstbewusstsein deines Kindes aufzubauen und ihm Rückendeckung zu geben, indem du bestimmte Situationen mehrmals durchspielst.

Beobachte und verfolge genau die Entwicklung deines Kindes. In der heutigen Zeit fallen die Kinder bei minimalen Verhaltensabweichungen des "Norm"-Rasters auf. Dabei werden kleinste Misserfolge überbewertet und Defizite schnell, ohne langfristige Beobachtung, diagnostiziert. Gib deiner Tochter oder deinem Sohn eine Chance, denn der natürliche Respekt der Kinder vor neuen Situationen ist überlebenswichtig.

Die Trotzphasen eines Kindes werden in unserer Gesellschaft für normal gehalten. Warum nicht die schüchternen Phasen? Denn diese gehören auch zu einer gesunden Entwicklung dazu und kommen in regelmäßigen Abständen, oft während eines Wachstumsschubes, vor. Geprägt von Perfektionismus und zahlreichen Mutti-Blogs, die das perfekte Familienleben vorgaukeln – glauben wir, es sei normal, jeden Tag vollmotiviert um 5 Uhr morgens aufzustehen und um 23 Uhr perfekt geschminkt noch die tägliche Yoga-Stunde vor dem Bildschirm zu absolvieren. Ein gewisses Maß an Schüchternheit, insofern es zum Charakter des Kindes gehört, ist völlig ok. Stelle sicher, dass es keine anderen Ursachen für die Schüchternheit deines Kindes gibt, da diese ihm in seiner Entwicklung schaden könnten. Oft ist der Leidensdruck der Eltern viel größer als der der Kinder, weil sie die Schüchternheit nicht akzeptieren können.

4. Gefühlsstarke Kinder

Wenn du mit deinem Kind in einem Freizeitpark eine Achterbahnfahrt genießt, ist es ein tolles Erlebnis für die ganze Familie. Berg auf, Berg ab, Wind in den Haaren – gespickt mit tausenden Emotionen fliegt ihr durch die Höhen. Was aber tun, wenn dieses "Auf und Ab" sowie extreme Gefühlsemotionen dich täglich durch den Alltag begleiten?

Ein gefühlsstarkes Kind zuhause zu haben, bedeutet eine tägliche Achterbahnfahrt der Gefühle. Gefühlsstarke Kinder sind nicht nur sensibel, sie stecken auch gleichzeitig voller Energie, sind wild, willensstark und freiheitsliebend. Sie empfinden sämtliche Gefühle sehr intensiv und zeigen das auch. Es handelt sich um ein angeborenes Temperament, das das Leben der Kinder und der Eltern oft schwer macht.

Die typischen Merkmale der gefühlsstarken Kinder kann man wie folgt beschreiben:

- Sie strahlen eine extreme Energie aus, schlafen wenig und haben einen ausgeprägten Bewegungsdrang.
- Sie sind offen für ihre Umwelt und nehmen diese auch ganz genau wahr.
- Hartnäckigkeit und ein rebellisches Verhalten gehören zu ihrem Repertoire. Trotzdem sind sie überdurchschnittlich sensibel, empfindlich auf äußere Reize sowie verletzlich.
- Sie äußern ihre Gefühle sowie ihre Launen intensiv, sind aber oft nachdenklich und philosophisch.
- Sie mögen routinierte Abläufe, wollen aber auch nicht bedrängt und in irgendwelche Rahmen gesteckt werden.
- Sie mögen keine Veränderung und reagieren auf neue Situationen oft mit Stress.

Wie du wahrscheinlich gemerkt hast, haben die gefühlsstarken Kinder oft ein widersprüchliches Verhalten – eine Achterbahn eben. Mal geht es steil nach oben, dann wieder nach unten.

Bei solch einem Verhalten brauchst du dir keine Vorwürfe machen und glauben, dass deine Erziehungsmethoden nicht richtig sind. Heute weiß man, das gefühlsstarke Kinder nicht das Ergebnis einer schlechten Erziehung sind, sondern besondere Eigenschaften in ihrem Gehirn vorweisen.

Für das Gleichgewicht der Gefühle sorgen unter anderem zwei Elemente unseres Gehirns. Die Amygdala, die zum limbischen System des Gehirns gehört und über viele Nervenbahnen mit anderen Regionen des Hirns verbunden ist, bewertet den emotionalen Gehalt der eingehenden Informationen und ist für die Gefahrenerkennung zuständig. Bei gefühlsstarken Kindern ist diese Region sehr aktiv, was extreme emotionale Reaktionen hervorruft. Der Vagusnerv, der für die menschliche Fähigkeit der Selbstberuhigung zuständig ist, weist hingegen nur eine schwache Ausprägung auf. Dadurch entsteht bei den Kindern folgende Situation: Durch die intensive Wahrnehmung der Reize kommt es schnell zu einer Überreizung. Aufgrund der niedrigen Fähigkeit zur Selbstberuhigung benötigen gefühlsstarke Kinder jemanden, der ihnen diese emotionale und liebevolle Ruhe schenkt – die Eltern.

Die Sonne ist zu hell, das Essen zu heiß, die Zahnpasta ist zu scharf, die Schuhe sind zu bunt – ja, bei solch kleinen Kings und Queens ist es gar nicht so einfach, die Nerven zu behalten – für Eltern ist es oft eine Herausforderung und der Umgang mit gefühlsstarken Kindern verlangt ihnen viel Geduld und Lernbereitschaft ab.

Deine Aufgabe ist es, deinem Kind Liebe zu zeigen, sanft Grenzen zu setzen und unbedingt die Nerven zu behalten. Oft sehe ich Mütter, die bei jedem Wutanfall der Kinder selbst Aggressionen zeigen. Ganz nach dem Motto: Wer überbietet wen?

Bleib gelassen und denke daran, dass gefühlsstarke Kinder kleine Aktivisten sind. Sie wollen ihrer Kreativität, Begeisterungsfähigkeit, Leidenschaft und Ausdauer freien Lauf lassen. Sie wollen die Welt verbessern!

5. Abgrenzung der Hochsensibilität zu psychischen Krankheitsbildern

Viele Krankheiten haben ähnliche oder sogar gleiche Symptome. Ich fand es schon immer erschreckend, was die eigenständige Suche nach Diagnosen bewirken kann. Ein einfaches Beispiel: die Kopfschmerzen. Wenn du nach möglichen Diagnosen zu symptomatischen Kopfschmerzen googelst, wird die Trefferliste lang sein. Sehr lang. Angefangen von einfachen Spannungskopfschmerzen bis hin zum Schlaganfall und Hirntumor. Was macht es mit dir? Machen dir diese Diagnosen Angst? Mir auch. Aus diesem Grund ist eine genaue Differenzierung unterschiedlicher Krankheitsbilder enorm wichtig.

So ähnlich verhält es sich mit der Hochsensibilität. Manche Eigenschaften und Verhaltensweisen der hochsensiblen Kinder ähneln sehr dem Krankheitsbild des Asperger-Syndroms und ADHS.

Hochsensibilität und Asperger-Syndrom

Beim Asperger-Syndrom, einer Unterform von Autismus, handelt es sich um eine grundlegende Störung des zentralen Nervensystems, die eine Auswirkung auf die komplette menschliche Entwicklung hat. Vielfältige Probleme und Auffälligkeiten auf der sozialen und kommunikativen Ebene gehören zu den häufigsten Symptomen der betroffenen Menschen. Begrenzte Mimik, stereotype Muster im Verhalten und Auftreten, motorische Ungeschicklichkeit sowie überdurchschnittliche Intelligenz treten bei Asperger Autisten häufig auf.

Wo genau die Gemeinsamkeiten und Unterschiede zwischen Hochsensibilität und Autisten mit Asperger-Syndrom liegen, ist gar nicht so einfach zu erkennen. Die beiden Phänomene sind sich tatsächlich sehr ähnlich.

Die Psychologen und Ärzte haben festgestellt, dass die meisten Asperger Autisten hochsensibel sind. Sie haben ein aktives und vielseitiges Innenleben und fühlen sich oft fremd und unverstanden in unserer Gesellschaft. Wenn ihre persönliche, sensible Grenze überschritten wird, können diese Menschen schlecht damit umgehen. Negative Emotionen wie Panik, Wut, Hass und Aggression sind die Folge. Und genau in diesem Punkt liegt der Unterschied zwischen der Hochsensibilität und dem Asperger-Syndrom. Die hochsensiblen Kinder sind toleranter und können die Überschreitung ihrer Grenze oft akzeptieren und damit viel besser umgehen. In vertrauter Umgebung sind sie sogar kontaktfreudig und kommunikativ.

Das sind die wichtigsten Unterschiede zur Hochsensibilität:

- Autisten zeigen wenig Mimik und können auch die Mimik anderer schlecht deuten. Die HS-Kinder hingegen haben ein hohes Maß an Empathie und haben für das Verhalten anderer Menschen feine Antennen.
- Autismus kommt bei Jungen viermal häufiger vor als bei den Mädchen. Die Hochsensibilität ist nicht geschlechtsspezifisch.
- Autisten weisen oft eine mangelhafte motorische Entwicklung auf. HS-Kinder haben keine motorischen Probleme.
- Das Erkennen von bestimmten Abläufen, Reihenfolgen oder Regeln fällt den Autisten schwer. Bei Hochsensibilität kommt diese Problematik nicht vor. Die HS-Kinder können sich Details und Abläufe sehr gut merken.

Bei Verdacht auf das Asperger-Syndrom bei deinem Kind solltest du unbedingt einen Arzt aufsuchen. Denn solche Kinder brauchen eine engmaschige Therapie und eine regelmäßige psychologische sowie ärztliche Betreuung.

Hochsensibilität und ADHS

Ich vermute, dass jeder von uns schon mal den Begriff ADHS (Aufmerksamkeitsdefizit- und Hyperaktivitätssyndrom) im Zusammenhang mit Kindern gehört hat. Diese vier Buchstaben lösen bei den Eltern viele Unsicherheiten und Ängste aus. Bereits in den 1980er Jahren wurde diese Diagnose eingeführt - in Deutschland war sie damals noch recht unbekannt. In den letzten Jahren hat sich ADHS zu den häufigsten psychiatrischen Störungen bei Kindern und Jugendlichen entwickelt. Zumindest theoretisch. Denn gefühlt bekommt jedes Kind, das kleine Auffälligkeiten in seiner Konzentration und seinem Verhalten aufweist, den Stempel "ADHS". Eine absolut fahrlässige und oft verfrühte Diagnose seitens der Psychologen und Ärzte. Denn in der kindlichen Entwicklung lassen sich regelmäßig Konzentrationsschwächen und rege Aktivitäten nachweisen, die völlig normal sind und zu einer gesunden menschlichen Entwicklung gehören. In dieser Hinsicht besteht noch definitiv Nachholbedarf. Durch eine kontinuierliche medizinische und psychologische Beobachtung sowie eine genauere Differenzierungsdiagnostik lassen sich Fehldiagnosen oft vermeiden.

Der wichtigste Unterschied zwischen ADHS und Hochsensibilität ist, dass Hochsensibilität ein Persönlichkeitsmerkmal ist und ADHS hingegen eine anerkannte Krankheit, die therapiert werden muss.

Sowohl hochsensible Kinder als auch Kinder mit ADHS nehmen innere und äußere Reize intensiver wahr. Dank der Kanalisierung der aufgenommenen Reize können die HS-Kinder damit in der Regel besser umgehen. Die Kinder mit ADHS hingegen leiden aufgrund der vielen Reize oft unter Konzentrationsstörungen, sind sprunghaft und innerlich angespannt. Auch die motorische Unruhe gehört zu den wichtigsten Symptomen von ADHS. Daher kommt auch der kleine "Zappelphilipp", der oft mit ADHS-Kindern in Verbindung gebracht wird. Zwar können Konzentrationsstörungen auch bei hochsensiblen Kindern auftreten, diese sind jedoch nicht so gravierend wie bei ADHS-Kindern und treten meist nur in einer enorm reizstarkenen Umgebung auf. Regelmäßige und dauerhafte Konzentrationsschwierigkeiten sowie hyperaktives Verhalten gehören zu den wichtigsten Symptomen von ADHS und machen zugleich den größten Unterschied zur Hochsensibilität aus. Zwar kommt es ab und zu vor, dass hochsensible Kinder unruhig und unkonzentriert wirken, es gehört aber eher zur Ausnahme. Denn die HS-Kinder können sich überdurchschnittlich gut und ausdauernd konzentrieren.

Es kann aber vorkommen, dass das Kind beide Phänomene gleichzeitig hat. Wenn bei deinem Kind ADHS diagnostiziert wurde, heißt es nicht zwingend, dass es nicht hochsensibel ist. Beides schließt sich nicht aus.

Nun schauen wir uns weitere psychische Krankheitsbilder an.

Es gibt einige weitere Krankheiten, bei denen die Betroffenen ähnliche Symptome wie bei der Hochsensibilität vorweisen.

Es ist nicht immer einfach, die unterschiedlichen Krankheitsbilder zu unterscheiden, da diese sich oft in der Symptomatik und Diagnostik ähneln. Manchmal sind die Grenzen nicht auf den ersten Blick erkennbar. So ähnlich wie bei einem leichten Infekt und einer echten Grippe. Auf den ersten Blick können die Symptome fast identisch sein: Kopfschmerzen, Fieber, Husten, Schnupfen, sowie Muskel- und Gliederschmerzen können sowohl bei der Grippe als auch bei einem grippalen Infekt auftreten.

Erst bei genauer Analyse des Krankheitsbeginns und der Symptome, wie die Art des Hustens und Stärke der Kopfschmerzen, können beide

Krankheiten diagnostiziert werden. So ähnlich verhält es sich mit den Anzeichen der Hochsensibilität.

Die psychische Erschütterung - das Trauma

Schwerwiegende Erlebnisse wie der Verlust eines geliebten Menschen (z. B. Eltern, Geschwister, Großeltern), Vernachlässigung, sexueller oder seelischer Missbrauch und die Trennung der Eltern sind für jeden Menschen belastend, besonders stark für Kinder. Denn ihre Psyche kann mit schweren Stresssituationen noch nicht umgehen – ein Trauma entsteht. Als Trauma bezeichnen die Psychologen und Ärzte die Reaktion unseres Nervensystems auf eine belastende oder lebensbedrohliche Situation. Unser Körper reagiert darauf mit starker Ausschüttung von Stresshormonen, Wutausbrüchen, der Ausblendung von Schmerzen, Selbstzweifeln sowie wiederkehrenden Albträumen. Die traumatisierten Kinder reagieren besonders sensibel auf ihre Umwelt. Die Reaktion auf die empfangenen Reize ähnelt oft der der hochsensiblen Kinder. Bei Traumata handelt es sich jedoch immer um eine seelische Verletzung, bei der Hochsensibilität hingegen um ein Persönlichkeitsmerkmal.

Gute Nachricht: eine frühzeitige Therapie, die von einem Trauma-Spezialisten durchgeführt wird und die liebevolle Unterstützung der nahstehenden Menschen können die kindlichen Traumata heilen.

Ein Gruß von der Evolution - der Moro-Reflex

Wenn ein Baby unerwartet nach hinten fällt oder schnell geneigt wird, passiert es: Der ganze Körper wird angespannt, die Hände werden nach vorne gestreckt, die Finger gespreizt und dann plötzlich die Hände zu Fäusten geballt – was den frischgebackenen Eltern in erster Linie Angst einjagt, ist völlig normal. Kannst du dich noch an diese Situation in den ersten Wochen mit deinem Baby erinnern?

Der Moro-Reflex kommt bei jedem gesunden Neugeborenen vor, gehört zu den frühkindlichen Reflexen und soll uns Menschen vor möglichen Gefahren schützen. Ein überlebenswichtiger Mechanismus, der uns bei Gefahr auf die Flucht oder den Kampf vorbereitet.

Je größer wir werden, desto geringer wird die Reaktion des Köpers auf bestimmte Reize wie Geräusche oder starkes Licht. Mit der Zeit lernen wir, dass Autogeräusche auf der Straße nicht unbedingt eine Gefahr darstellen. Jedoch kommt es ab und zu vor, dass der Moro-Reflex weiterhin in voller Stärke bestehen bleibt. Dies bedeutet, dass der Körper auf die kleinsten Reize mit voller Alarmbereitschaft reagiert und Stresshormone ausschüttet, was folglich einen Einfluss auf die Sensibilität der unterschiedlichen Sinne und des Reaktionsvermögens hat. Die Menschen mit dem Moro-Reflex reagieren dann auf ihre Umwelt mit ähnlichen Anzeichen wie die HSler. Zu den Hauptunterschieden zur Hochsensibilität zählen unter anderem monotones Sprechen, Angstzustände, motorische Schwierigkeiten sowie ein schlechtes Schriftbild.

Wenn du diese Anzeichen bei deinem Kind bemerkst, solltest du einen Spezialisten aufsuchen. Ein individueller Übungsplan mit bestimmten Bewegungsabläufen kann Wunder bewirken.

Sensorische Integrationsstörung

Wenn wir als unbeholfene Wesen auf die Welt kommen, passiert ein Wunder! Danach passiert ein zweites Wunder – die menschliche Entwicklung. Faszinierend! Wir entwickeln uns zu einem selbständigen Menschen. Diese Entwicklung passiert aufgrund der Aufnahme, Verarbeitung sowie Integration von unterschiedlichen Reizen aus unserer Umwelt. Wir lernen, indem wir Informationen aufnehmen, diese vergleichen und miteinander verknüpfen. Liegt in diesem Prozess eine

Störung vor, so kann diese sowohl psychische als auch physische Auswirkungen haben.

Ängstliches Verhalten, Störungen der visuellen Wahrnehmung und der Motorik, verlangsamte Sprachentwicklung sowie Lern- und Leistungsstörungen gehören zu den Auswirkungen der sensorischen Integrationsstörung.

Wie du merkst, sind die häufigsten Symptome der sensorischen Integrationsstörung sehr ähnlich zu ADHS, Autismus sowie Hochsensibilität. Die Grenze ist dabei sehr fließend. Die Ursachen für eine sensorische Integrationsstörung können unter anderem eine verfrühte Geburt, ein Mangel an Sauerstoff bei schwerem Geburtsverlauf, infektiöse Krankheiten, Alkoholgenuss sowie Drogenkonsum während der Schwangerschaft sein.

Die therapeutischen Möglichkeiten für Kinder mit sensorischer Integrationsstörung liegen in der Anwendung gezielter steigender Reizung, die bei dauerhafter Anwendung zu einer Gewöhnung und Verbesserung des allgemeinen Wohlbefindens führen.

Abschließend lässt sich sagen, dass Anzeichen vieler anderer Krankheiten auf die Hochsensibilität hindeuten können. Wenn du dir nicht sicher bist, kannst du gezielt mit einem Spezialisten über das Phänomen der Hochsensibilität reden, um dich damit vertraut zu machen, bestimmte Verhaltensweisen und Eigenschaften aus einer anderen Perspektive zu betrachten.

6. Ist mein Kind hochsensibel?

Nachdem du nun so viel Theoretisches in Bezug auf Hochsensibilität erfahren hast, interessiert es dich sicherlich, ob dein Kind zu den hochsensiblen Menschen gehört oder nicht. Im Internet findest du eine Vielzahl verschiedener Hochsensibilitäts-Tests, die meisten sind auf Erwachsene abgestimmt. Ich habe viele Tests analysiert und mittels meiner persönlichen Erfahrung und des Expertenwissens, welches ich mir aneignete, einen neuen erstellt. Dabei handelt es sich um einen Fragenkatalog, der auf den typischen Merkmalen und Anzeichen von hochsensiblen Kindern basiert. Du kannst den Test unabhängig von Geschlecht und Alter deines Kindes durchführen.

An der Stelle möchte ich noch unbedingt betonen, dass dieser Test dir keine endgültige Aussage bezüglich der Hochsensibilität deines Kindes gibt. Er beantwortet nur die Frage, ob dein Kind überdurchschnittlich sensibel ist oder nicht. Daher rate ich dir in jedem Fall, einen Experten aufzusuchen, der dein Kind auf Hochsensibilität testet, um ein sicheres Ergebnis zu bekommen.

<u>Durchführung des Tests:</u>

Lies dir jede Aussage nach und nach genau durch. Schließe deine Augen, gehe in dich und bewerte sorgfältig jede Aussage. Sei nicht voreilig. Bewerte ganz genau die Eigenschaften und Verhaltensmuster deines Kindes.

<u>Bitte notiere für jede Aussage folgende Punkteanzahl:</u>

trifft gar nicht zu: 1 Punkt
trifft eher nicht zu: 2 Punkte
trifft eher zu: 3 Punkte
trifft voll zu: 4 Punkte

Am Ende des Tests kannst du alle Punkte zusammenzählen. Die Auswertung findest du gleich im Anschluss.

Und los geht es:

1. Dein Kind hat viel Fantasie und erinnert sich gut an seine Träume.
2. Dein Kind fühlt sich oft missverstanden.
3. Dein Kind ist gutgläubig.
4. Du hast schon mal den Verdacht gehabt, dass dein Kind ADHS haben könnte.
5. Du hast schon mal gedacht, dass dein Kind hochbegabt sein könnte.
6. Dein Kind hat einen stark ausgeprägten Gerechtigkeitssinn.
7. Dein Kind neigt zum Perfektionismus.
8. Dein Kind kann sich Gespräche sehr lang merken.
9. Dein Kind fühlt sich mit der Natur und Kunst besonders verbunden.
10. Dein Kind erledigt die Aufgaben akribisch und gewissenhaft.
11. Dein Kind ist kreativ.
12. Multitasking fällt deinem Kind schwer.
13. Dein Kind fühlt sich oft für Geschehnisse verantwortlich.
14. Dein Kind kann mit Lügen schlecht umgehen.
15. Dein Kind denkt oft tiefgründig nach und kann seine Gedankenketten nicht unterbrechen.
16. Nach einem ereignisreichen Tag hat dein Kind Schwierigkeiten, einzuschlafen.

17. Große Menschenansammlungen, Hektik sowie große Lautstärke sind für dein Kind belastend.
18. Auf grelles Licht reagiert dein Kind empfindlich.
19. Bei enger Kleidung fühlt sich dein Kind unwohl.
20. Dein Kind mag keinen intensiven Geschmack.
21. Dein Kind hat einen feinen Geschmacks- und Geruchssinn.
22. Neue und unbekannte Situationen überfordern dein Kind.
23. Dein Kind mag eine bestimmte Konsistenz von Essen (z. B. breiig) nicht.
24. Die Gefühlslage deines Kindes kann schnell wechseln.
25. Dein Kind mag häufig allein sein.
26. Dein Kind nimmt die Stimmung anderer eindeutig wahr und wird auch von ihr beeinflusst.
27. Dein Kind ist hilfsbereit.
28. Eine tickende Uhr lenkt dein Kind ab.
29. Dein Kind braucht nach der Schule oder nach dem Kindergarten erst einmal eine Ruhepause.
30. Dein Kind mag keine Überraschungen oder spontane Planänderungen.

Auswertung des Tests

Du hast gründlich über dein Kind nachgedacht und sorgfältig die Aussagen des Tests bewertet. Nun geht es zur Auswertung.

30-60 Punkte:

Dein Kind ist mit großer Wahrscheinlichkeit nicht hochsensibel. Auch wenn du einige Aussagen als "voll zutreffend" bewertet hast, heißt es nicht, dass dein Sprössling zu den hochsensiblen Menschen gehört. Einige hochsensible Eigenschaften hat jeder von uns. Zudem durchläuft jedes Kind in seiner Entwicklung zum Erwachsenen mehrere Phasen, die auf Hochsensibilität hindeuten können. Das ist völlig normal. Die Ergebnisse des Tests sprechen aber eher dafür, dass dein Kind zu den einfühlsamen und achtsamen Menschen gehört.

61-90 Punkte:

Dein Kind ist mit relativ hoher Wahrscheinlichkeit ein hochsensibles Wesen. Es nimmt Reize und Sinneseindrücke aus einzelnen Bereichen intensiv wahr. Es scheint, als ob die Sensitivität deines Kindes nur in bestimmten Bereichen stark ausgeprägt ist. Viele hochsensible Menschen sind beispielsweise in nur zwei Bereichen sensibel. Vor allem bei Kindern kann man oft einen Schwerpunkt der Hochsensibilität beobachten (z.B. spüren, denken, fühlen). Wichtig ist, diese Bereiche zu erkennen und das Kind in seinen individuellen Fähigkeiten und Talenten zu unterstützen. Als Elternteil solltest du auf die Bedürfnisse des Kindes achten und in Bezug auf Reize gezielt die Grenzen setzen.

91-120 Punkte:

Es ist sehr wahrscheinlich, dass dein Kind auf allen Ebenen hochsensibel ist. Es ist nicht einfach für das Kind, die Balance zu finden. Dein Kind braucht deine Unterstützung, sonst kann die Hochsensibilität einen negativen Einfluss auf das soziale Umfeld haben und das introvertierte, schüchterne und ängstliche Verhalten verstärken.

Deine Aufgabe ist es, möglichst aus allen Schwächen deines Kindes Stärken zu generieren und ihm Bewältigungsstrategien aufzuzeigen, die es erfolgreich durch seinen Alltag begleiten.

Ein Test ist nur der erste Schritt. Wenn du festgestellt hast, dass dein Kind sehr wahrscheinlich hochsensibel ist, dann solltest du dich mit dem Thema "Hochsensibilität" gründlich auseinandersetzen, um ein tiefes Verständnis für das Phänomen zu bekommen. Verbringe viel Zeit mit deinem Kind und führe regelmäßig Gespräche mit ihm. Entwickle feine Sensoren für die Gefühle, Talente und Ängste des Kindes. Suche Kontakt zu anderen Familien, die ein hochsensibles Kind zuhause haben - ein Erfahrungsaustausch kann Gold wert sein.

Wie du deinem Kind helfen kannst, mit Hochsensibilität zu leben und wie du es gezielt fördern kannst, erfährst du in den folgenden Kapiteln.

7. Besondere Talente hochsensibler Kinder und worin sie Unterstützung benötigen

Mich hat schon immer gestört, dass der Hochsensibilität irgendwie stets ein negativer Touch zuschrieben wird. Ja, die hochsensiblen Menschen sind in ihren Persönlichkeitsmerkmalen und ihrem Verhalten oft anders, aber definitiv nicht unnormal. Ja, die hochsensiblen Kinder brauchen in bestimmten Lebenslagen und Situationen mehr Unterstützung als die Nicht-Sensiblen. Aber Hochsensibilität ist definitiv nichts Negatives, es ist vielmehr eine Gabe. Denn die hochsensiblen Menschen haben viele verborgene Stärken, die im alltäglichen Chaos oft untergehen und die mit ein wenig Unterstützung zu großen Talenten werden können.

In diesem Kapitel möchte ich mich auf die zahlreichen Stärken der hochsensiblen Kinder konzentrieren und auch Bereiche aufzeigen, in denen sie Unterstützung benötigen.

Hochsensible sind hervorragende Zuhörer

Hochsensible Kinder mögen tiefgründige Gespräche. Bereits in jungen Jahren interessieren sie sich für philosophische Themen wie "Gibt es Gott?", "Was passiert mit den Menschen in tausend Jahren?" "Gibt es Leben auf anderen Planeten?" usw. Oft hat man das Gefühl, dass man sich mit einem Erwachsenen unterhält. Die HSPs sind nicht nur gute Zuhörer, sie merken sich außerdem viele Details aus dem Gespräch, fragen gern nach, um auf eine tiefere Gesprächsebene zu kommen. Dies vermittelt dem Gesprächspartner das Gefühl von Empathie und Interesse.

So kannst du dein Kind unterstützen:

Für dein hochsensibles Kind sind die ausführlichen Gespräche von hoher Bedeutung. Nimm dir Zeit und rede mit dem kleinen Sprössling über Themen, die ihn interessieren und begeistern. Ein Lexikon eignet sich hervorragend dafür. Beim Durchblättern entstehen tolle Ideen für spannende Diskussionen.

Stundenlange Beschäftigung – eine besondere Gabe der Hochsensiblen

Die meisten hochsensiblen Kinder können sich sehr gut konzentrieren, somit fällt es ihnen leicht, sich mit einer Sache lange zu beschäftigen. Sie analysieren ganz genau die Bilder und Gegenstände und können sich dabei viele Einzelheiten merken. In der Schule sind diese Kinder überdurchschnittlich gut in Bereichen wie Textanalyse, Gedichtinterpretation, im Zeichnen sowie der Analyse der geometrischen Figuren und beim Lösen mathematischer Gleichungen.

So kannst du dein Kind unterstützen:

So eine gute Konzentration und Geduld, wie sie hochsensible Kinder oft aufweisen, wünschen sich viele Eltern bei ihren Kindern. In Wirklichkeit ist es gar nicht so einfach, denn ein hochsensibles Kind braucht Beschäftigung. Detailgetreues Zeichnen, Modellbau und Puzzles gehören zu den perfekten Aufgaben für dein Kind.

Die kreative Ader der Hochsensiblen

Kinder mit Hochsensibilität sind überdurchschnittlich kreativ. Wie feinste Wassertropfen des Morgentaus von den Blättern runterpurzeln, wie Kometen durch unser Sonnensystem ihren Weg suchen – die Vorstellungskraft der hochsensiblen Kinder ist nahezu grenzenlos.

Diese blühende Fantasie kann vor allem beim Lösen bestimmter Probleme hilfreich sein. Die Kinder betrachten Probleme aus unterschiedlichen, zum Teil sehr einzigartigen Perspektiven und finden ganz besondere Lösungsansätze, die sich anderen Menschen auf den ersten Blick nicht erschließen.

<u>So kannst du dein Kind unterstützen:</u>

Lass dein Kind seine Fantasie ausleben. Eine tolle Möglichkeit dazu bietet zum Beispiel das Verzieren eines Kuchens. Wie wäre es mit einem Sternenhimmel oder einer bunten Blumenwiese? Du wirst staunen, mit welcher Kreativität und Detailtreue dein Kind die Verzierung anfertigt.

Oder wie wäre es mit einem Ratespiel? Wer errät zuerst, welches Tier sich in der Wolkenform versteckt?

Auch die beliebten Gedankenexperimente können förderlich sein. Male auf einem Blatt drei Blumen in unterschiedlichen Farben und schneide sie dann aus. Dein Kind soll sich eine Blume aussuchen. Doch bevor dein Kind sich die Blume schnappt, soll es begründen, warum es sich genau für diese bestimmte Blume entschieden hat. Du wirst von der fantasievollen Begründungen deines Kindes sicherlich überrascht sein.

Solch kleine Spiele und gemeinsame Aktivitäten fördern dein Kind und helfen ihm, seine intensive Kreativität auszuleben. Auch die Eltern-Kind-Bindung wird dadurch gestärkt.

Die kleinen empathischen Richter

Empathie und Gerechtigkeitssinn – zwei Eigenschaften, die in unserer Gesellschaft immer seltener vorkommen. Leider. Umso mehr schätze ich diese menschlichen Wesenszüge bei den hochsensiblen Kindern. Sie sehen, fühlen und verstehen ganz genau die Stimmung ihrer Mitmenschen. Eine wertvolle Gabe, die für unsere Welt unabdingbar ist.

<u>So kannst du dein Kind unterstützen:</u>

Wenn die hochsensiblen Kinder zu viel mit ihren Mitmenschen mitfühlen, kann es vorkommen, dass sie irgendwann einmal selbst darunter leiden und von negativen Gefühlen überrollt werden. Auch mit einer unfairen Behandlung kommen die HSPs schlecht zurecht. Die Aufgabe der Eltern ist es, ihrem Kind Halt zu geben und ihm beizubringen, über seine Gefühle ohne Scham zu reden. Eine tolle Möglichkeit dazu bietet folgendes Spiel:

Wie gut kennst du mich?

Schreibe auf kleine Zettelchen sechs persönliche Fragen auf, wie zum Beispiel:

- Wie fühlst du dich, wenn ein anderer Mensch traurig ist?
- Was machst du, wenn jemand weint?
- Hörst du gern anderen Menschen zu?
- Hast du ein schlechtes Gewissen, wenn du "Nein" sagst?
- Fühlst du dich gekränkt, wenn andere über dich schlechte Dinge erzählen?
- Bist du hilfsbereit?

Zerknülle jeden Zettel zu einer Kugel und lass dein Kind abwechselnd mit dir jeweils eine Papierkugel ziehen und die darauf stehende Frage beantworten. So animierst du dein Kind dazu, über seine Gefühle und Gedanken zu reden.

Die kleinen Schwächen der hochsensiblen Kinder

Aufgrund der intensiven Aufnahme von Reizen weisen die hochsensiblen Menschen eine höhere emotionale Verletzlichkeit auf. Sie nehmen die kleinsten Details auf und verarbeiten diese mit einer höheren Verarbeitungstiefe. Diese Eigenschaft ermöglicht zwar, Dinge und

Situationen von unterschiedlichsten Perspektiven zu betrachten und folglich vorausschauend zu handeln, jedoch werden dadurch auch emotionale Verletzungen stärker empfunden. Bereits bei kleinsten Missverständnissen kann es dazu kommen, dass hochsensible Menschen sich sehr verletzt fühlen und darunter nachhaltig leiden. Deshalb ist es enorm wichtig, dass die HSler lernen, mit ihrer Verletzlichkeit umzugehen.

<u>So kannst du dein Kind unterstützen:</u>

- Dein Kind soll lernen, über seine Gefühle zu reden. Wenn es alles in sich trägt, wird früher oder später sein Sorgen-Rucksack unerträglich schwer werden. Regelmäßige Gespräche helfen deinem Kind, Vertrauen zu gewinnen und seine Gefühle richtig wahrzunehmen.

- Größere Kinder können ein *"Tagebuch der Gefühle"* schreiben. Wenn die kleine Seele etwas belastet, sollen alle negativen Gefühle raus aus der Seele auf ein Blatt Papier geschrieben werden. Beim Schreiben merken die Kinder oft, dass die ganze Situation vielleicht doch nicht so schlimm ist.

- Meditieren hilft deinem Kind, achtsamer mit seinen Gefühlen umzugehen. Im 13. Kapitel findest du einige Meditationsübungen, die du gemeinsam mit deinem Kind durchführen kannst.

- Hochsensible Kinder sind gute Analysten – sie denken viel zu viel nach. *"Warum hat Michael das heute so gesagt?", "Warum hat Anna so komisch geschaut?"* Versuche dein Kind mit gemeinsamen Aktivitäten (Wandern, Zeichnen, Fahrradfahren) abzulenken. Wenn dein Kind sich zu viele Gedanken macht, entstehen Probleme, wo eigentlich keine existieren.

Eine weitere problematische Eigenschaft der hochsensiblen Kinder ist die **schnelle Überreizung**. Grelles Licht, Menschenmassen, erhöhte Lautstärke können die hochsensiblen Menschen in den Wahnsinn treiben. Dies kann zu Konzentrationsstörungen, Wutanfällen bis hin zu komplettem Rückzug führen.

So kannst du dein Kind unterstützen:

- Nimm die Bedürfnisse deines Kindes wahr. Wenn es keine Menschenmassen und hohe Lautstärke mag, musst du nicht unbedingt mit ihm auf einen großen Markt gehen. Akzeptiere und respektiere die Wünsche deines Kindes.
- Für hochsensible Kinder eignen sich hervorragend Ausflüge in die Natur: Wandern in den Bergen, ein Picknick im Wald oder ruhige Momente am See. Solche Ausflüge sind nicht nur für die hochsensible Seele, sondern auch für die Gesundheit gut.
- Achte darauf, dass dein Kind im Alltag regelmäßig Pausen macht. Dies hilft ihm, zur Ruhe zu kommen. Regelmäßige Sportstunden helfen außerdem, den durch Überreizung entstandenen Stress abzubauen.

Wichtig ist, dass dein Kind immer das Gefühl hat, dass du für es da bist und dass es so geliebt wird, wie es ist. Dies stärkt sein Selbstbewusstsein und sein Selbstvertrauen und hilft ihm dabei, mit seinen Emotionen, Gefühlen und seiner Hochsensibilität besser zurechtzukommen.

8. Erziehungstipps für hochsensible Kinder

Die Erziehung der Kinder könnte man mit einer abenteuerlichen Weltreise vergleichen. Viele spannende, interessante Momente mit einem Hauch von Verzweiflung, Tränen und Wutausbrüchen - alles ist dabei - langweilig wird es sicherlich nie! Besonders die hochsensiblen Kinder machen es den Eltern nicht immer leicht und legen noch eine zusätzliche Portion an Neugier, Drama und Glück dazu.

In diesem Kapitel bekommst du wertvolle Tipps zu den unterschiedlichsten Facetten der Erziehung hochsensibler Kinder. Zudem lernst du, eine feine Balance zwischen dir, deinem Kind, der Umwelt und der Sensibilität zu schaffen. Lass uns gemeinsam auf diese spannende Reise gehen.

8.1 Alltag & Kommunikation

Das Alltagsleben und die Kommunikation der hochsensiblen Kinder sind oft anders als bei Nicht-Sensiblen. Starke Stimmungsschwankungen, schnelle Überreiztheit und ein impulsives Gefühlsleben gehören oft zum Alltag der Vielfühler-Familie. Nicht einfach, denn kaum ein Elternpaar kann sich 24 Stunden am Tag mit seinem Sprössling beschäftigen. Berufliche Verpflichtungen, Haushalt, Geschwisterkinder, Schullalltag – viele Eltern kommen aufgrund der langen To-Do-Liste an ihre mentalen und körperlichen Grenzen.

Der hochsensible Alltag

Die Forschung kann uns keine wissenschaftlichen Erziehungsparameter geben. Die Erfahrung und das Wissen der Pädagogen, Erzieher und Familien hingegen können wertvolle Empfehlungen für den Alltag mit hochsensiblen Kindern liefern.

Hochsensible Kinder reagieren auf bestimmte Situationen sehr gefühlvoll. Hole dein Kind in seinem Gefühlschaos ab. Zeig ihm Verständnis und Mitgefühl – so kann es leichter entspannen. Genervte Mimik, jeglicher Druck, lange belehrende Diskussionen wirken kontraproduktiv und verschlimmern die gesamte Situation. Gelassenheit seitens der Eltern hilft, viele Spannungsfelder bereits im Vorfeld zu lösen.

HS-Kinder fühlen sich oft "anders", missverstanden und haben kein großes Selbstbewusstsein. Umso wichtiger ist es, durch Anerkennung, respektvollen Umgang, Motivation und Lob das Selbstwertgefühl des Kindes aufzubauen.

Die kleinen "Vielfühler" haben feine Sensoren und nehmen wie ein Schwamm Gefühle und Nöte ihrer Mitmenschen auf. Sie mutieren mit der Zeit zu schweren Lastenträgern. Auf Dauer kann solch ein Zustand krankmachen. Unterstütze dein Kind! Zeige ihm, wo die Grenzen seiner Verantwortung liegen und wie es die empfangenen Informationen richtig verarbeitet.

Am Montag Tischtennis, am Dienstag Wasserwacht, am Freitag Karatetraining – ein zu voller Terminkalender stresst das hochsensible Kind und trägt zu einer schnellen Überreizung bei. Schlafstörungen, schlechte schulische Leistungen und Gereiztheit sind die Folge. Weniger ist mehr! Gönne deinem Kind Ruhezeiten – so kann es das Erlebte verarbeiten und sich innerlich neu strukturieren.

Apropos Struktur: Hochsensible Kinder brauchen einen gut strukturierten und berechenbaren Alltag. Zu viele neue Reize und Spontanität wirken auf die Kinder belastend.

Um starke Stimmungsschwankungen, Wutausbrüche und potentielle Konflikte zu vermeiden, sind genau definierte Regeln sowie entsprechende Konsequenzen enorm wichtig.

Die besondere Kommunikation

Wenn wir an die zwischenmenschliche Kommunikation denken, fällt auf, dass die meisten Menschen in zwei Kategorien aufgeteilt werden können, die Extrovertierten / Gesprächigen und die Introvertierten / Schweigsamen. So weit, so gut, wäre da nicht noch eine andere Form – die Kommunikation der Hochsensiblen.

Die meisten hochsensiblen Menschen lieben es, tiefsinnige und gedankenreiche Gespräche zu führen. Stundenlang können sie mit ihrem Gesprächspartner intensiv über Gott und die Welt reden. Wer jedoch meint, dass die HSler auf allen Kommunikationsebenen Stärken aufweisen, der irrt sich. Besonders die oberflächlichen Gespräche à la Smalltalk fallen den hochsensiblen Menschen schwer. Da kann sogar ein kurzes "Wie geht es dir?" zu einer Herausforderung werden.

So kannst du dein Kind unterstützen:

Dein hochsensibles Kind ist nicht nur ein guter Zuhörer, es schätzt auch sehr, wenn du ihm zuhörst und ihm dein Interesse zeigst. So lautet die Devise: Reden und zuhören! Spannende Diskussionen und reger Gedankenaustausch bereichern dein Kind und machen es glücklich! Zudem solltest du regelmäßig mit deinem Kind Smalltalk üben. Denn Übung macht den Meister und erleichtert auch die Smalltalk-Kommunikation mit Freunden und Mitschülern.

8.2 Der richtige Grad zwischen Eigenwillen und Gehorsam

Die Trotzphasen sind etwas ganz Normales und gehören zu einer gesunden Entwicklung des Kindes. Zu gut kennen die Eltern Sätze wie "Ich mache das nicht!", "Ich bestimme selbst über mein Leben!" oder "Lass mich in Ruhe, ich mache, was ich will!"

Im Alter von etwa zwei Jahren beginnt die wichtige Entwicklung des eigenen Willens. Die Kinder versuchen alles, um ihre Wünsche durchzusetzen und wenn es nicht klappt, reagieren sie oft mit Geschrei und Wutausbrüchen. Es gibt jedoch Kinder, die nicht nur in den Trotzphasen willensstark sind. Die Willensstärke gehört zu ihrem Persönlichkeitsmerkmal - von Geburt an. Der bekannte dänische Familientherapeut Jesper Juul bezeichnete solche Kinder als autonom und willensstark. Den Schätzungen zufolge sind etwa 15 Prozent aller Kinder von Geburt an autonom. Und genau diese Kinder gehören auch oft zur hochsensiblen Sorte.

Einen Eigenwillen zu haben und sich im Leben durchsetzen zu können, ist wichtig. Im Kindergarten, in der Schule, später im Berufsleben – wer sich durchsetzen kann, wird belohnt. Wer aber seinen Willen mit allen Mitteln durchsetzt, kann auch schnell auf die Nase fallen. Es ist nämlich mindestens genau so wichtig, seine Grenzen zu kennen und sich gehorsam an die Regeln der Familie und Gesellschaft zu halten. Denn der Wille nach Selbstbestimmung führt oft zu Konflikten auf allen sozialen Ebenen.

Eine Balance zwischen dem Eigenwillen und der Gehorsamkeit zu finden, ist gar nicht so einfach. Es verlangt viel Feingefühl, Erziehung und das konsequente Lernen, seinen Willen an die Regeln der Gemeinschaft anzupassen.

So erkennst du, ob dein Kind willensstark ist:

Dein Kind weiß genau, was es will.

Dein Kind versucht mit allen Mitteln seinen Willen durchzusetzen.

Selbstbestimmtheit beherrscht den Alltag deines Kindes.

Für dein Kind ist es wichtig, dass seine Grenzen vorwiegend respektiert werden.

Bereits bei willensstarken Neugeborenen kann man deutliche Unterschiede sehen. Sie schlafen weniger und erkunden aktiv und eifrig ihre Umwelt.

So kannst du dein Kind unterstützen:

Eltern willensstarker Kinder sind oft bei der Erziehung ihrer Sprösslinge überfragt. Wie findet man den richtigen Grad zwischen Eigenwillen und Gehorsamkeit? Wann sollte die Grenze gesetzt und der Eigenwille des Kindes akzeptiert werden?

Mit diesen Tipps fällt dir der Umgang mit deinem Kind leichter:

Verwende keine allgemeinen Aussagen. Rede mit deinem Kind stets in der "Ich-Form". Beispiel: "Es ist schon spät. Ich möchte, dass du jetzt deine Zähne putzt und ins Bett gehst." NICHT: "Es ist schon spät, es wird Zeit, ins Bett zu gehen".

Ein Machtkampf ist kontraproduktiv. Vergiss nicht, dass es sich um ein Kind handelt, das noch den richtigen Umgang mit Konflikten lernen muss. Bewahre die Ruhe und rede konstruktiv mit deinem Kind.

Jeder Mensch hat Bedürfnisse. Einfach etwas zu verbieten, ist nicht sinnvoll. Frag dein Kind, was es genau will und warum.

Gib deinem Kind Zeit, um zu reflektieren, nachzudenken und zu lernen.

Sei immer ehrlich mit deinem Kind. Nicht nur Erwachsene sind große Kinder, auch Kinder sind kleine Erwachsene. Rede mit deinem Kind authentisch und respektvoll.

Und vergiss nicht: Dein Kind ist einzigartig. Du kannst es vorsichtig in die richtige Richtung lenken, aber versuche nie, es mit allen Mitteln zu verändern.

8.3 Selbstbestimmtheit

Was bei deinem Sprössling vielleicht noch in den Kinderschuhen steckt, bringt später viele hochsensible Erwachsene in die berufliche Selbständigkeit - der Wunsch nach Freiheit und Selbstbestimmtheit. Anders gesagt: die hochsensiblen Kinder brauchen Entscheidungsfreiheit.

Warum Selbstbestimmtheit wichtig ist:

- Selbstbestimmtheit gehört zu den Grundrechten eines Menschen und bedeutet nichts anderes als die Möglichkeit, nach seinem eigenen Willen über sich selbst entscheiden zu können.
- Nur wer selbstbestimmt lebt, kann sich persönlich weiterentwickeln.
- Selbstbestimmtheit vermeidet Fremdbestimmtheit und somit auch die Manipulation.
- Wer selbstbestimmt lebt, ist glücklicher.
- Selbstbestimmtheit fördert Eigenverantwortung.
- Wer selbstbestimmt lebt, lebt zielorientiert.

Nicht immer leicht, aber mit dem richtigen Umgang kann die Selbstbestimmtheit viel Gutes bewirken. Eine selbstbestimmte, perfektionistische Persönlichkeit mit einer Portion Eigeninitiative, Kreativität und Selbstreflektion – so könnte man ein hochsensibles Kind bezeichnen. Selbstbestimmte Kinder brauchen auch Selbstbestimmtheit in ihrem Alltag, versuche ihm diese auch zu ermöglichen.

<u>So kannst du dein Kind unterstützen:</u>

Lass dein Kind entscheiden, in welchen Sportverein es gehen will. Zwinge es nicht in den Fußballverein zu gehen, nur weil seine halbe Schulklasse dahin geht.

Hat dein Kind viele Hausaufgaben? Lass es selbstständig einen Zeitplan erstellen. Gib ihm Empfehlungen, dränge es nicht.

Hilf deinem Kind, sich selbst besser kennenzulernen. Schreibe fünf Persönlichkeitsmerkmale auf, die dein Kind zu einem wunderbaren Menschen machen. Danach soll dein Kind fünf Eigenschaften festhalten, die es an sich mag.

Ein Familienausflug am Wochenende? Lass dein Kind einen Vorschlag machen – im kleinen Kopf wimmeln oft große Ideen.

Lass dein Kind sich am Geburtstag oder Jahresbeginn Ziele setzen. Was möchte es im nächsten Jahr erreichen? Haltet die Ziele schriftlich fest.

Wichtig ist, dass du deinem Kind so viel Selbständigkeit wie nur möglich einräumst. Schenke Vertrauen in sein Handeln. Zeig ihm, dass es auch Mitspracherecht bzw. Wahlfreiheit hat. So wird dein Kind selbstbestimmt und lernt, richtig zu handeln. Es gewinnt ein selbstbewusstes und sicheres Auftreten. Selbstbestimmtheit trägt zu einem erfüllten, achtsamen und glücklichen Leben bei und sorgt für Harmonie und innere Ruhe.

8.4. Überreiztheit und Stress

Schnelle Überreiztheit gehört, wie bereits erwähnt, zu den wichtigsten Anzeichen der Hochsensibilität, sie wird über Neurotransmitter gesteuert. Verschiedene Untersuchungen zeigen, dass hochsensible Kinder eine größere Konzentration der Neurotransmitter in ihrem Blut aufweisen. Dies ermöglicht zwar eine gleichzeitige Aufnahme vieler Reize und somit schnellere Gefahrenerkennung, jedoch droht bei zu vielen Reizen eine zunehmende Überreiztheit. Folglich fühlt sich die hochsensible Person enorm gestresst. Um Stress und Überreiztheit zu vermeiden, ist das Ziel, die äußeren Reize weitestgehend zu minimieren. Denn bereits kleinste Stresssituationen sorgen bei Betroffenen für Kraftverlust. Langandauernde Überreiztheit und Stress kann Panikattacken, Ängste sowie starke Depressionen auslösen. Zu den Auslösern der Überreiztheit zählen unter anderem eine neue Umgebung, starkes Licht, Prüfungsstress, Hunger, soziale Interaktion sowie viele Wahlmöglichkeiten.

Symptome für Überreiztheit:

- anhaltendes Unwohlsein und Angespanntheit
- schlechte Laune bis hin zu Depressionen
- Konzentrationsschwierigkeiten
- Kopf- und Kieferschmerzen
- Schlafprobleme
- Innere Unruhe und Wutanfälle
- Weinerlichkeit und Teilnahmslosigkeit

__So kannst du dein Kind unterstützen:__

Versuche die Quellen der Überreiztheit soweit es geht zu identifizieren und zu minimieren. In welcher Situation ist dein Kind überreizt? Wie fühlt es sich dabei? In welcher Situation fühlt sich dein Kind wohl? Gemeinsam könnt ihr ein Tagebuch führen und so die Wohlfühl-Situation deines Kindes aufspüren und fördern.

Nimm die Bedürfnisse deines Kindes ernst. Was mag dein Kind? Welche Vorlieben hat es? Erlebt achtsam den Alltag und entlarvt die fiesen Energieräuber.

Dein hochsensibles Kind braucht mehr Ruhepausen. Bei kleinen Kindern bietet sich hierfür hervorragend ein Mittagschlaf an. Bei größeren Kindern kann eine entspannte Lesestunde auf einer kuscheligen Couch Wunder wirken.

Beim Essen sollten auf die HSler keine äußeren Reize wie Fernseher, Smartphone oder Radio einwirken. Lass dein Kind in Ruhe und bewusst sein Essen genießen.

Intensive Parfüms, Duftkerzen sowie kratzige Kleidung können als ein enormer Stressfaktor empfunden werden.

Achte unbedingt auf die psychische und physische Gesundheit deines Kindes, um rechtzeitig stressbedingte Erkrankungen wie Burnout zu erkennen.

Bei Stress wollen die hochsensiblen Menschen oft nicht getröstet werden, denn der zusätzliche Körperkontakt beschert noch mehr Reize und begünstigt somit die Überreizung.

Gib deinem Kind genug Auszeit, damit es sich von Stress und Überreiztheit erholen kann.

Zu guter Letzt solltest du im Alltag deines Kindes ganz bewusst die kleinen Energie-Ladestationen in Form von regelmäßigen Erholungspausen und Wohlfühlmomenten einbauen.

Viele Kinder fühlen sich dem dauerhaften Schulstress ausgesetzt. Der enorme Leistungsdruck und soziale Stresssituationen wie Mobbing machen die Kinder krank. Vor allem für hochsensible Kinder kann Dauerstress viele gesundheitlichen Folgen hervorrufen. Stress bei den Kindern wirkt seelisch und körperlich in der gleichen Art und Weise wie bei Erwachsenen. Es werden alle Reserven mobilisiert, um mit der kritischen Situation klarzukommen. Die Reaktion auf Stress ist bei jedem Kind unterschiedlich. Manche Kinder reagieren ängstlich, unruhig und nervös, andere treten den einsamen Rückzug an. Auch gesundheitliche Symptome wie Appetitlosigkeit, Schlafprobleme, Kopf- und Bauchschmerzen treten bei Betroffenen häufig auf. Bei hochsensiblen Kindern zählen auch leichte Reizbarkeit und Aggressivität zu den häufigen Anzeichen.

So kannst du dein Kind unterstützen:

- Dein Kind soll verstehen, dass Stress zu unserem Leben dazugehört. Denn Stress ist eine natürliche Reaktion unseres Körpers und ist sogar in kleinen Mengen gesund. Es ist wichtig, dass dein Kind lernt, keine Angst vor Stress zu haben.

- Aufklärung: Besprich mit deinem Kind Situationen, die es unter Druck setzen und traurig machen. Druck in der Schule, Ausschluss aus der Klassengemeinschaft, Mobbing und Kritik sind die häufigsten Ursachen für den kindlichen Stress.

- Gemeinsame Aktivitäten und Sport helfen, den Stress abzubauen.

- Regelmäßige Kommunikation in der Familie hilft am besten, um Stress in den Griff zu bekommen. Teilt eure positiven und negativen Gedanken mit euren Liebsten. Oft entsteht Stress im Kopf. Wenn man seine Lasten teilt, ist dem Stress weniger Raum gegeben. Die Familie ist dazu da, um sich gegenseitig zu unterstützen.

Und zu guter Letzt - der Zusammenhalt stärkt das Nervensystem und das Familiengefühl.

Die Kunst des Lobens

Stress entsteht oft aus Unsicherheit und geringem Selbstbewusstsein. Das richtige Loben kann der kindlichen Unsicherheit entgegenwirken und die Stressreaktion verringern. Es ist wichtig, dass du dein Kind richtig lobst, denn ein falsch formuliertes Lob kann zu Ängsten führen und sogar komplett die Freude an guter Leistung nehmen.

So lobst du dein Kind richtig:

- Lobe dein Kind nicht zu oft. Viele Eltern denken, je öfter sie das Kind loben, desto besser ist es. Das stimmt so nicht. Wenn zu oft gelobt wird, verliert das Lob an Bedeutung. Das Loben sollte nicht zum Normalzustand mutieren.

- Auch ein "unglaublich toll" für ein Kritze-Kratze-Bild kann kaum übertroffen werden. Besser so: *"Das hast du gut gemacht, wenn du diese Stelle im Bild aber genauer malst, wird das Bild noch besser".*

- Lob gilt als externer Motivator. Wenn die Kinder zu oft gelobt werden, kann es passieren, dass die Kinder lernen, sich nach der äußeren Motivation zu richten. Es ist jedoch wichtig, dass die Motivation fürs Handeln aus dem Inneren kommt, nur so können die Kinder sich gut entwickeln.

Am schönsten und effektivsten ist ein Lob, das nebenbei geschieht. Lobe dein Kind in einer Situation, in der es kein Lob erwartet. Ein spontanes Lob ist wie Balsam für die Seele, stärkt das Selbstvertrauen und hilft bei der Stressbewältigung.

Mit Laufpower gegen Stress

Auch eine sehr effektive Methode zur Stressbewältigung ist das Laufen. Denn beim Laufen wird eine große Menge an Glückshormonen produziert. Dies fördert den Abbau von Stress und stärkt das Immunsystem. Die Kinder haben von Natur aus einen starken Drang nach Bewegung. Diese Tatsache können die Eltern perfekt für das gemeinsame Familienlaufen nutzen. Bereits im Alter von fünf Jahren können Kinder mit dem Joggen anfangen. Zur Sicherheit empfehle ich dir, dies vorher mit dem Kinderarzt zu besprechen. Insofern dein Kind aber gesund ist, sollte nichts dagegensprechen.

Damit die sportliche Aktivität für die ganze Familie zum Erfolg wird, sind folgende Regeln zu beachten:

- Die optimale Streckenlänge für Kinder zwischen 5 und 8 Jahren beträgt etwa 1,5 Kilometer, 9 bis 12-Jährige können etwa drei Kilometer laufen. Fünf Kilometer sind im Alter von 12 – 15 Jahren optimal. Zwei- bis dreimal pro Wochen zu laufen, ist für die mentale und körperliche Gesundheit am effektivsten. Passe die Kilometer aber immer der Leistungsfähigkeit deines Kindes an, hierbei handelt es sich nur um Richtwerte.

- Zu Beginn jedes Trainings ist es wichtig, sich gut aufzuwärmen. Nach dem Laufen sind ein Abwärmen und Dehnübungen empfehlenswert, um Zerrungen und Verletzungen der Muskelfasern zu vermeiden.
Abwärmen könnt ihr euch, indem ihr nach der Laufeinheit nicht sofort stehenbleibt, sondern noch in einem gemütlicheren Tempo weiterlauft.

- Die Lauf- und die Gehphasen sollen sich in regelmäßigen Abständen abwechseln. So wird die Überlastung verhindert.

- Achte auf atmungsaktive Sportkleidung mit reflektierenden Elementen.

- Erschütterungen, die beim Laufen entstehen, können die jungen Gelenke und Knochen stark belasten, deshalb sind gute Laufschuhe extrem wichtig. Lass dich gemeinsam mit deinem Kind in einem Fachgeschäft beraten. Wenn möglich, nutze eine Laufstrecke mit einem weichen Boden.

- Der Spaß am Laufen muss das wichtigste Ziel sein. Überfordere dein Kind nicht.

Nach dem Sport kann eine warme Dusche einen wohltuenden Wellnessmoment zaubern.

8.5 Gesundheitserziehung

Hochsensible Kinder brauchen eine besondere Gesundheitserziehung. Denn durch erhöhtes sensorisches Empfinden neigen sie eher zur Überreiztheit und fühlen sich schneller gestresst. Dies kann wiederum Depressionen sowie Kopf- und Bauchschmerzen verursachen.

Auch Allergien, Überempfindlichkeit gegenüber bestimmten Medikamenten und intensivere Schmerzempfindlichkeit treten bei hochsensiblen Kindern öfter auf. Die Aufgabe der Eltern ist es, dem Kind den richtigen Umgang mit seiner "Besonderheit" beizubringen.

Das Kind muss lernen, seine Hochsensibilität zu verstehen und auf seine psychische und physische Gesundheit zu achten.

Die Gesundheitserziehung fängt damit an, dass das Kind Situationen erkennt, die zu einer Reizüberflutung führen können. Große Menschenansammlungen, der Fernseher, zu laute Musik – das alles kann das hochsensible Kind schnell überlasten. Regelmäßige Überlastung kann sich auch in Form körperlicher Beschwerden zeigen. Verdauungsstörungen, Verspannungen, Asthma und Infektanfälligkeit können die Folge sein. Es ist enorm wichtig, dass das Kind weiß, wo seine Grenzen liegen und dass es sich in bestimmten Abständen eine Ruhepause gönnen soll.

Folgende Punkte solltest du bei der Gesundheitserziehung deines Kindes beachten:

Jedes Kind ist anders – und das steht im Vordergrund jeder Erziehungsmethode. Du solltest von einer bestimmten Erwartungshaltung wegkommen und dein Kind so akzeptieren und lieben, wie es ist. Dein Kind ist toll! Seine Augen, seine Gedanken, seine Persönlichkeit, seine Hochsensibilität – alles an deinem Kind ist einzigartig.

Die Hochsensibilität deines Kindes kann zum Stress und folglich zu Kopf- und Bauchschmerzen führen. Rede darüber mit deinem Kind. Erkläre ihm, woher die Bauchschmerzen kommen könnten und was es dagegen machen kann. Eine bewusste tiefe Atmung, Meditation, Entspannungsmassagen sowie regelmäßige Bewegung begünstigen den Stressabbau und helfen oft gegen Schmerzen.

Wenn das Kind krank ist, blutet das Elternherz. Am liebsten möchte man sein Kind umarmen, mit ihm kuscheln und mit der Elternliebe alle Krankheitserreger wegjagen. Vorsicht: Die hochsensiblen Kinder wollen nicht immer berührt werden.

In Stresssituationen (und die Krankheit ist eine Stresssituation für den Körper) können Berührungen anderer Menschen als zusätzlicher äußerer Reiz empfunden werden und den Stresspegel noch mehr in die Höhe treiben.

Auch vor Ärzten ängstigen sich viele HS-Kinder. So kann eine Routine-Untersuchung für das hochsensible Kind zu einer echten Tortur werden.

Führe dein Kind langsam an die geplante Untersuchung oder bevorstehende Therapie heran. Zeige Verständnis, denn hochsensible Menschen lassen sich oft durch Zuwendung sowie vertrauensvolle Gespräche beruhigen.

Kinder mit Hochsensibilität neigen häufiger zu Allergien. Deshalb solltest du dein Kind immer genau beobachten, besonders bei Einführung neuer Lebensmittel oder Pflegeprodukte.

Auch auf die Medikamente können die HS-Kinder allergisch oder überempfindlich reagieren. Eine gut angepasste Dosierung der Medikamente ist dringend zu empfehlen. Sicherlich kann dich der Kinderarzt dazu beraten.

Bei der Gesundheitserziehung hochsensibler Kinder ist es wichtig, dem Kind zu zeigen, dass regelmäßige Ruhepausen und bestimmte Entspannungsmethoden (Atemübung, Meditieren) zu seinem Leben dazugehören und ganz normal sind.

Gesunde Erziehung fängt bereits in der Küche an

Zur gesunden Erziehung gehört auch eine gesunde Ernährung. Kinder finden es spannend, die bunte Vielfalt frischer Lebensmittel zu entdecken, und zwar mit allen Sinnen. Die Kinder sollten schon früh an eine gesunde und vollwertige Ernährung herangeführt werden. Das gemeinsame Kochen eignet sich hervorragend dazu und führt dich und dein Kind auf eine spannende Entdeckungsreise. In diesem Kapitel findest du viele Tipps zur gesunden Ernährung sowie tolle Ideen für das gute Pausenbrot.

Die Ernährung beeinflusst enorm unsere Gesundheit und unser Wohlbefinden. Die Deutsche Gesellschaft für Ernährung empfiehlt für Kinder eine Mischkost. **Zur Mischkost gehören folgende Bausteine:**

Getreideprodukte, Kartoffeln
Fette und Öle
Fleisch, Fisch, Eier
Milch, Milchprodukte
Gemüse, Obst
Getränke

Die Grundlage bilden Getreideprodukte und Kartoffeln. Eier, Fleisch und Milch sorgen für ausreichende Eiweißzufuhr. Eine kleine Menge an Öl hilft dem Körper, fettlösliche Vitamine (Vitamin A, D, E und K) aus Obst und Gemüse aufzunehmen.

Zudem ist es wichtig, dass die Kinder genug Flüssigkeit zu sich nehmen. Die Flüssigkeit sorgt für eine optimale Funktionalität unseres Gehirns, verbessert unsere Konzentrationsfähigkeit und unser Wohlbefinden. Besonders die hochsensiblen Kinder wirken bei ausreichender Trinkmenge ausgeglichener und weniger reizempfindlich.

Die empfohlene Trinkmenge variiert nach Alter. Die Kinder zwischen 4 und 9 Jahren sollten zwischen 900 und 1000 ml zu sich nehmen. Im Alter zwischen 10 und 14 Jahren wird eine Trinkmenge zwischen 1200 und 1400 ml empfohlen. Wasser sowie Kräutertees eignen sich dafür am besten. Süße Getränke wie Eistees, Limonade oder unterschiedliche Softdrinks sind nicht gut für die Gesundheit.

Sie enthalten viel Zucker und fördern somit Übergewicht und Diabetes. Beachte allerdings, dass die tägliche Trinkmenge auch von der Größe deines Kindes abhängt und davon, ob es Sport treibt.

Gerade die Schulkinder benötigen eine ausreichende Menge an hochwertigen Nährstoffen, schließlich müssen sie den ganzen Schultag leistungsfähig und konzentriert bleiben. Besonders hochsensible Kinder brauchen eine gute Basis. Snacks wie Schokoriegel oder Donuts sind dabei kontraproduktiv. Zwar liefern sie kurzfristig viel Energie, doch diese fällt schnell ab und mündet im Endeffekt in Müdigkeit und Schläfrigkeit. Um dies zu vermeiden, solltest du darauf achten, dass dein Kind langkettige Kohlenhydrate, Eiweiße, gute Fette und Vitamine bekommt.

Der ideale Begleiter in der Brotdose

Für belegte Brote eignet sich am besten das Vollkornbrot. Es enthält komplexe Kohlenhydrate, die deinem Kind eine ideale Energiequelle bieten. Vollkornbrot besteht, wie der Name schon sagt, aus vollem Korn und kann zum Beispiel aus Roggen, Weizen oder Dinkel gebacken werden. Es enthält dreimal so viele Mineralstoffe (Zink und Eisen) und zweimal so viele Ballaststoffe und Vitamine (Vitamin B1) wie Weißbrot. Nun verrate ich dir die besten Tipps und Rezepte für die Brotdose, die dein Kind und auch dich erfolgreich durch den anstrengenden Tag bringen. *Guten Appetit!*

Vollkornbrot mit Kräuterfrischkäse

Zutaten:

2 Scheiben Vollkornbrot
200 g Magerquark
100 g Frischkäse
Kräuter: Schnittlauch, Dill, Petersilie
Salz und Pfeffer

Zubereitung:

Magerquark und Frischkäse miteinander verrühren. Sollte die entstandene Masse zu fest sein, kannst du 1-2 Esslöffel Mineralwasser dazugeben. Kräuter nach Wahl klein schneiden und unter die Quark-Frischkäse-Masse heben. Mit Salz und Pfeffer abschmecken. Schon ist der leckere Brotaufstrich fertig. Nun kannst du die Brotscheiben damit bestreichen.

Tipp: Dazu kannst du deinem Kind ein paar Radieschen, kleine Cherrytomaten oder Paprikastreifen einpacken.

Vollkornbrot mit Avocado-Aufstrich

Zutaten:

2 Scheiben Vollkornbrot
1 reife Avocado
Frischer Zitronensaft
1 EL Joghurt
1-2 Scheiben Tomaten
Salz und Pfeffer

Zubereitung:

Eine reife Avocado mit einer Gabel zerdrücken und mit etwas Zitronensaft beträufeln. Zitronensaft trägt dazu bei, dass die Avocado nicht braun wird und ihre saftige grüne Farbe behält. Nun gibst du einen Esslöffel Joghurt dazu. Schon ist die leckere Avocadocreme fertig. Jetzt noch die Brotscheiben bestreichen, eine saftige Tomatenscheibe darauflegen und fertig ist das perfekte Pausenbrot.

Tipp: Wenn dein Kind lieber knusprige Brotscheiben mag, toaste das Brot vorher auf.

Eine Vitaminbombe für die Pause

Zutaten:

2 Scheiben Vollkornbrot
2 Scheiben Putenbrustfilet
1 EL Kräuterfrischkäse
2 Radieschen
5 Cherrytomaten
2 kleine geschälte Karotten

Zubereitung:

Beide Brotscheiben mit Kräuterfrischkäse bestreichen und auf jede Brotscheibe eine Scheibe Putenbrustfilet legen. Die Radieschen gut waschen und in dünne Scheiben schneiden. Eine Brotscheibe mit Radieschen dekorieren und mit der zweiten Brotscheibe zuklappen. Cherrytomaten und Karotten waschen, trocken tupfen und zusammen mit dem Pausenbrot in die Brotdose legen.

Tipp: Für die Pausenbrote eignet sich zudem Kresse perfekt. Egal, ob als Aufstrich im Frischkäse oder als Topping auf dem Brot. Kresse enthält eine hohe Menge an B-Vitaminen. Diese stärken die Konzentrationsleistung. Zudem wirken die darin enthaltenen Senfölglykoside entzündungshemmend und helfen bei Erkältungskrankheiten.

Und zu guter Letzt: Frag dein Kind, welche Pausenbrote ihm am besten geschmeckt haben und was es nun öfter in seiner Brotdose haben möchte.

Lass dein Kind mitentscheiden, so zeigst du ihm, dass seine Meinung auch wichtig ist. Binde es aktiv in den Entscheidungsprozess ein. Das stärkt sein Selbstbewusstsein.

Wenn nachts die Beine schmerzen

Viele Kinder im Alter von zwei bis zwölf Jahren beklagen sich in den späten Abendstunden oder nachts über Beinschmerzen. Was zunächst bei den Eltern für Beunruhigung sorgt, sind in der Regel harmlose, weitverbreitete Wachstumsschmerzen. Aufgrund der hohen Empfindlichkeit für äußere und innere Reize nehmen hochsensible Kinder die Wachstumsschmerzen besonders stark war. Typischerweise entstehen diese Schmerzen nicht bei körperlicher Aktivität, sondern beim abendlichen Zubettgehen oder Einschlafen. Das Schmerzgefühl tritt unregelmäßig in den Beinen auf, fühlt sich sehr unangenehm an und ist oft dafür verantwortlich, dass die Kinder schlecht einschlafen können, nachts aufwachen und weinen.

So kannst du dein Kind unterstützen:

Zunächst ist es wichtig, dass du deinem hochsensiblen Kind die Angst nimmst. Trost, Zuwendung und Anteilnahme stehen an erster Stelle. Deine empathische Nähe zeigt dem Kind, dass es nicht allein ist. Nimm die Beschwerden deines Kindes ernst. Sollten die Schmerzen über einen längeren Zeitraum anhalten und sich auf Knie und Hüfte ausweiten, sollte unbedingt ein Kinder- bzw. Jugendarzt konsultiert werden, um andere schwerwiegende Krankheiten wie Rheuma auszuschließen.

9. Tipps zur Schule für die Eltern und Lehrpersonen hochsensibler Kinder

Große Kinderaugen gefüllt mit viel Neugier, Freude, Glück und vielleicht auch ein wenig Angst - die Einschulung ist ein wichtiger Schritt im Leben eines jeden Menschen. Auch für die Eltern beginnt mit der Einschulung des Kindes ein neues, "anderes" Leben. Den Auftakt dazu gibt bereits das gemeinsame Basteln der Schultüte, danach folgen der langersehnte Schulranzen, die Bücher, Hefte, Hausaufgaben, die Lehrer und Mitschüler – eine spannende Zeit für alle Beteiligten.

Für hochsensible Kinder und deren Eltern ist die Schulzeit oft mit größeren Herausforderungen verbunden. Die HS-Schüler brauchen in erster Linie Akzeptanz und Verständnis ihrer Bedürfnisse. Leider können diese nicht immer (aus Rücksicht auf Mitschüler und Lehrplan) befriedigt werden. In diesem Kapitel bekommst du wertvolle Empfehlungen für einen erfolgreichen Schullalltag deines hochsensiblen Kindes.

9.1 Förderung

Die hochsensiblen Kinder müssen anders gefördert werden als ihre Mitschüler. Das steht schon mal fest. Zum einen ist es wichtig, dass die HS-Schüler in ihrer Gabe besonders unterstützt werden, zum anderen darf es nicht passieren, dass sie überreizt und durch ihr soziales Umfeld negativ bewertet werden. Dabei ist es die besondere Aufgabe der Eltern und der Lehrer, eine Balance zwischen der Über- und Unterforderung zu finden.

Bereits bei der Vorbereitung auf das Schulleben können die Eltern ihren Sprössling unterstützen. Damit dein Kind in der neuen Situation nicht komplett überfordert ist, kannst du ihm bereits vor der Einschulung das Schulgebäude zeigen. Oft bieten die Schulen vor Schulbeginn ein Kennenlern-Treffen mit der zukünftigen Lehrkraft an. Auch die ausführlichen Gespräche, das Schule-Spielen oder spezielle Kinderbücher können dein Kind auf dem Weg zu einem erfolgreichen Schulkind unterstützen.

Wenn es dann soweit ist und dein Kind in die spannende Unterrichtswelt eintaucht, fängt eine lange Reise durch das Universum des Wissens an. Besonders in der ersten Phase des Schullebens haben die HS-Kinder oft Schwierigkeiten. Eine neue Umgebung, soziale Kontakte sowie ein komplett anderer Tagesablauf führen oft zur Überforderung des Nervensystems. Deshalb ist es besonders wichtig, dass du dein Kind bei der Verarbeitung dieser neuen Eindrücke unterstützt und ihm viel Geborgenheit schenkst. Um tägliche Anspannung und Sorgen loszuwerden, solltest du jeden Abend mit deinem Kind über die Erlebnisse im Schulalltag reden. "Was war das Beste am heutigen Schultag?" "Was hat dir sonst gut gefallen?" "Ist dir heute auch etwas Blödes passiert?" "Vergiss nicht, ich bin immer für dich da. Für jedes Problem gibt es eine Lösung!"

Wichtig ist, dass du im Laufe der kompletten Schullaufbahn deinem Kind seine Fortschritte aufzeigst und nicht seine Fehler. Lobe dein Kind, ohne zu übertreiben. Hochsensible Kinder haben ein gutes Gespür und können Lügen und Übertreibungen sehr schnell identifizieren.

Tipps und Empfehlungen für die Lehrkräfte

In der Schule sind die hochsensiblen Schüler oft ruhig und fallen kaum auf. Wenn sie jedoch zu einem bestimmten Thema gefragt werden, liefern sie sehr ausführliche und tiefgründige Antworten.

Dabei können ihre Gedankengänge als merkwürdig und ungewöhnlich empfunden werden. Die Aufgabe der Lehrkraft ist es, offen für andere Perspektiven und Gedankengänge zu sein.

Oft benötigen die hochsensiblen Kinder mehr Zeit zum Nachdenken, denn die vielen Details, Informationen und Gedanken müssen in ihrem Kopf erst sortiert werden. Der Schüler sollte dabei nicht gedrängt werden. Nach kurzer Zeit kommen tolle Beiträge zu Unterrichtsthemen.
Hochsensible Schüler zeichnen sich durch ihre Kreativität aus. Offene Kunstprojekte eigenen sich hervorragend zur Förderung der Kreativität. Aber auch freie Referate ermöglichen den Schülern, ihren Ideen freien Lauf zu lassen.

Das regelmäßige Loben steigert enorm die Motivation der Schüler. Sie werden selbstbewusster und wachsen in ihrer Persönlichkeit!

Oft fühlen sich hochsensible Kinder aufgrund der Unterforderung im Unterricht gelangweilt. Eine Lösung bieten freiwillige Extra-Aufgaben, die in der freien Zeit den Schülern angeboten werden können.

Wenn zu viele Reize auf den hochsensiblen Schüler einwirken, kann es schnell zu Überreiztheit und folglich zum Stress kommen. Regelmäßige Bewegung hilft dem Schüler, den Stress abzubauen. Für mehr Bewegung im Unterricht können Lehrmethoden wie "Insel-Lernen" hilfreich sein. Dabei müssen die Schüler nach und nach die unterschiedlichen Arbeitsinseln abarbeiten und bewegen sich von einer Insel zur anderen.
Zudem sind regelmäßiger Kontakt sowie eine vertrauensvolle Zusammenarbeit mit den Eltern enorm wichtig. Die Eltern kennen ihr Kind besser als jede Lehrkraft und können wertvolle Tipps für eine gute Lehrer-Schüler-Beziehung geben.

9.2 Konzentration

Bei der Konzentration handelt es sich um einen geistigen Zustand, bei dem eine Person sich vollkommen auf eine Sache fokussiert. Eine gute Konzentration ermöglicht uns, verschiedene Störfaktoren auszublenden. Im Gegensatz zu Kindern mit ADHS können hochsensible Kinder sich in der Regel gut konzentrieren. In manchen Fällen kann es zwar zu einer Konzentrationsschwäche kommen, zum Beispiel bei anhaltendem Hungergefühl und auditiven Reizen, jedoch kommt es relativ selten vor.

Eine größere Auswirkung auf die Konzentration hat permanenter Schulstress. Er wirkt sich negativ auf die Merkfähigkeit, Motivation und Konzentration aus. Abnehmende Leistung und schlechte Noten können die Folge sein. Vor allem in Prüfungssituationen und bei Prüfungsangst kann die Konzentrationsschwäche zu einem echten Problem werden. Ein häufiger Drang der Hochsensiblen zum Perfektionismus verschlimmert die Situation zusätzlich. Eine gestaffelte Gewöhnung an die Stresssituationen und an den Leistungsdruck kann die Symptome mildern.

Falls dein Kind unter Konzentrationsschwäche leidet, können folgende Tipps helfen:

Ablenkende Faktoren wie Smartphone und Fernseher sollten erkannt und minimiert werden. Die Konzentrationsschwäche wirkt unmittelbar auf die Lernmotivation.

Das Konzentrationsvermögen kann durch Meditation aufgebaut werden. Wie wäre es mit einer gemeinsamen Meditationsstunde? Leise Entspannungsmusik, regelmäßige Atemzüge... Hörst du deinen Herzschlag? Das Leben ist schön.

Eine ausgewogene, vitaminreiche Ernährung fördert die Konzentration. Nüsse, Leinöl, Seefisch und Trockenfrüchte enthalten viele gesunde Fette, die für die Lösung der Vitamine benötigt werden. Leckerer Naturreis und Vollkornnudeln versorgen das Kind mit komplexen Kohlehydraten und geben ihm eine langanhaltende Energie. Für einen kurzen Energieschub (zum Beispiel vor der Klassenarbeit) leistet Traubenzucker gute Dienste.

Genug Wasser zu trinken ist wichtig! Unsere Zellen benötigen für den Informationsfluss ausreichend Flüssigkeit.

Wertvolle Aminosäuren, die in hoher Anzahl in Hülsenfrüchten stecken, haben einen positiven Einfluss auf die Konzentrationsfähigkeit.

Auch im Unterricht lassen sich unterschiedliche Methoden zur Konzentrationsverbesserung einsetzen. Meditation in der Mitte der Schulstunde, mehrere kleinere Pausen, kurze Dehnübungen, Bewegungs- oder Konzentrationsspiele wie "Ich packe meinen Koffer und nehme mit...".

Tägliche Spaziergänge an der frischen Luft versorgen das Gehirn mit Sauerstoff und verbessern die Konzentrationsfähigkeit.

Multitasking – das Erledigen mehrerer Aufgaben gleichzeitig soll vermieden werden.

Das waren kleine und unkomplizierte Tipps mit großer Wirkung! Probiere sie unbedingt aus!

9.3 Lernverhalten

Schüler mit Hochsensibilität haben eine besonders ausgeprägte Merkfähigkeit! Den in der Schule behandelten Lernstoff können sie sich schnell und dauerhaft einprägen. Die wissenschaftlichen Studien zeigen auf, dass die Merkfähigkeit aller Menschen unter leichtem Stresseinfluss zunimmt.

Da die hochsensiblen Kinder auf verschiedene Reize empfindlicher reagieren und deshalb dauerhaft unter einer reizbedingten Erregung stehen, weisen sie in der Regel eine überdurchschnittliche Merkfähigkeit auf. Zudem verfügen die hochsensiblen Kinder über eine besondere Fähigkeit, unterschiedliche Inhalte miteinander zu verknüpfen. Diese ist entscheidend für den Lernprozess.

Da das Lernverhalten auch unmittelbar von der Schulform beeinflusst wird, stellen sich viele Eltern die Frage, welche Schulform für ihr hochsensibles Kind die richtige ist. Ich habe für dich die wichtigsten Merkmale der bekanntesten Schulformen in Deutschland zusammengefasst.

Staatliche Schule

Der Unterricht an einer staatlichen Schule ist in Haupt- und Nebenfächer unterteilt. Die Geschwindigkeit orientiert sich nicht an der Schulklasse, sondern an dem strikt vorgeschriebenen Lehrplan. Das Belangen der förderbedürftigen Kinder kann dabei meist nicht berücksichtigt werden. Bei hochsensiblen Kindern kann dies zu einem Problem werden. Denn die staatlichen Schulen orientieren sich an den "Standard-Kindern". Kleinste Abweichungen im Verhalten können zur Verminderung der Leistungsfähigkeit führen.

Konfessionsschule

Konfessionelle Schule sind immer an eine bestimmte Glaubensrichtung gebunden. In Deutschland sind überwiegend katholische sowie evangelische Schulen vertreten. Wertschätzung, menschliche Begegnung sowie Nächstenliebe stehen dabei im Mittelpunkt. Der fachliche Unterricht unterscheidet sich kaum von einer staatlichen Schule. Die Lehrpersonen orientieren sich jedoch in erster Linie am diakonischen Leitbild.

Privatschule

Die Anzahl der privaten Schulen in Deutschland ist seit den 1990er Jahren um mehr als 81 Prozent gestiegen. Den Hochrechnungen zufolge besucht jedes elfte schulpflichtige Kind eine Privatschule.

Vorteile einer privaten Schule:

Geringerer Ausfall von Unterrichtsstunden

kleinere Klassen

weltanschauliche Ausrichtung

Persönlichkeit und Lerntempo werden meist berücksichtigt

Lernfortschritt des Schulkindes wird genau dokumentiert

Zum Nachteil gehört die finanzielle Belastung, denn die privaten Schulen kosten Geld. Pro Monat kann man mit mehreren Hundert Euro rechnen. Zudem kann es sein, dass dein Kind mit den Lehrmethoden der privaten Schule nicht klarkommt.

Waldorfschule

Im Unterricht an der Waldorfschule wird der Schwerpunkt auf die Entwicklung der sozialen, künstlerischen sowie praktischen Fähigkeiten gelegt.

Die Liebe, die Zuneigung zum Kind und seine Freiheit werden als Mittelpunkt der pädagogischen Arbeit betrachtet. Die Hauptfächer werden immer in sogenannten "Epochen" unterrichtet, das heißt, dass sich die Schüler über einen längeren Zeitraum nur mit einem Fach beschäftigen. Es gibt keinen bestimmten Lehrplan, oft lernen die Schüler bedingt durch ein Projekt mehrere Fächer gleichzeitig. So werden bei der Erstellung eines Plakates über das Mittelalter Geschichte, Mathematik und Deutsch gelernt. Das flüssige Lesen wird anhand einer mittelalterlichen Geschichte geübt. Die Größe der Burg wird mit Hilfe der mathematischen Formel ausgerechnet.

Montessori-Schule

Das pädagogische Konzept der Montessori-Schule fokussiert sich auf das selbständige Lernen basierend auf eigenen Erfahrungen und wird bereits seit 1923 in Deutschland anerkannt. Das Kind darf seine Umwelt eigenständig erkunden und erlernen. Die Rolle der Lehrkräfte ist eher passiv. Sie sind im Hintergrund als Unterstützer tätig. Selbstbestimmtes Lernen, welches auf der Freiarbeit sowie projektbasiertem Unterricht aufbaut, steht im Vordergrund der Montessori Pädagogik.

Schwere Entscheidung

Jedes Kind ist unterschiedlich, auch in seinem Lernverhalten. Wie wäre es mit Schnupperstunden in den unterschiedlichen Bildungseinrichtungen?

Welche Schule für dein hochsensibles Kind die richtige ist, solltest du gemeinsam mit deinem Kind entscheiden. Orientiere dich dabei an den Bedürfnissen deines Kindes und an dem pädagogischen Ansatz unterschiedlicher Schulen.

9.4 Einfügen in die Klassengemeinschaft

Die Integration der hochsensiblen Kinder in die Klassengemeinschaft dauert in der Regel länger als bei Nicht-Sensiblen. Die Dauer der Eingewöhnung hängt von unterschiedlichen Faktoren ab. Nicht nur die Größe und die Zusammensetzung der Klasse spielen eine wichtige Rolle, auch die persönlichen Faktoren wie Charakter, Empfindlichkeit und Kontaktfreudigkeit dürfen nicht außer Acht gelassen werden. Hochsensible Kinder, die mit schulischen Anforderungen dauerhaft überfordert sind, werden oft von den Mitschülern gehänselt und gemobbt. Nicht selten wirken sie durch Überreiztheit schläfrig und tollpatschig. Die regelmäßigen Hänseleien verletzen die sensible Seele und verstärken die Überforderung. **Um die Integration der hochsensiblen Kinder in die Klassengemeinschaft zu erleichtern, sollten folgende Punkte beachtet werden:**

Die Lehrkraft kann durch das Angebot von Gruppenarbeit und gemeinsamen Projekten die Klassengemeinschaft stärken. Denn durch die enge Zusammenarbeit lernen sich die Schüler besser und schneller kennen, Freundschaften entstehen.

Klassenausflüge und gemeinsame Unternehmungen haben ebenso einen positiven Einfluss auf die sozialen Beziehungen innerhalb der Klassengemeinschaft.

Die Treffen mit den Mitschülern außerhalb der Schulzeit ermöglichen dem hochsensiblen Kind, neue Freunde zu finden. Ein Besuch im Kino, Schwimmbad oder das Ausüben eines gemeinsamen Hobbys eignet sich hervorragend dazu.

Manche HS-Kinder mögen das Alleinsein und wollen eine gewisse Distanz zur Klassengemeinschaft haben. Ist das der Fall, so soll der Wunsch des Kindes akzeptiert werden. Die Integration sollte nie erzwungen werden.

Wenn sich die HS-Kinder in der Gemeinschaft wohl und akzeptiert fühlen, setzen sie sich für ihre Mitschüler ein. Sie sind sehr hilfsbereit, gerecht und einfühlsam.

Auch äußere Faktoren in der Lernumgebung sind entscheidend für ein erfolgreiches Eingliedern in die Klasse. Für hochsensible Kinder ist es wichtig, dass sie sich im Klassenzimmer wohlfühlen. Zu großer Lärmpegel sowie schlechte Schallverteilung (zum Beispiel durch Laminatböden) können die HS-Schüler überfordern. Auch bei vielen optischen Reizen (bunte Bilder, viele kleine Gegenstände) kann es schnell zu Überreiztheit kommen. Werden die HS-Kinder im Klassenzimmer zu vielen Reizen ausgesetzt, können ihre Konzentration und ihr soziales Verhalten darunter leiden. Dies ist für die Integration in die Klassengemeinschaft nicht förderlich. Deshalb ist unbedingt darauf zu achten, dass die Lernumgebung nicht zu viele ablenkende Gegenstände enthält und die Akustik sich auf einem niedrigen Level befindet. Dies ist nicht nur für hochsensible Kinder von Vorteil, die gesamte Klassengemeinschaft profitiert von einer guten Lernumgebung, in der man sich wohlfühlt.

10. Tipps zur musischen Erziehung und Freizeitgestaltung hochsensibler Kinder

Bessere Konzentration, mehr Selbstvertrauen und glückliche Kinderaugen – das alles können die Eltern mit einfachen Freizeitaktivitäten erreichen. Ganz egal, ob eine dynamische Tanzstunde, eine spannende Wanderung, interessanter Flötenunterricht oder das gemeinsame Singen im Bett – die Möglichkeiten der Kinderförderung kennen keine Grenzen, auch bei hochsensiblen Kindern nicht.

Die musische Erziehung – das Fundament des Glücks

Erinnerst du dich noch an das Lied "Oh, Tannenbaum"? Was fühlst du dabei? Wenn ich an das Lied denke, kann ich die gemütlichen Winterabende mit all meinen Sinnen spüren. Der leckere Duft von Zimtsternen, eine warme Decke auf meiner Haut, die bunten Lichter am Tannenbaum und das Knirschen des Schnees unter den Füßen – so viele Erinnerungen bei nur einem Lied. Ich bin überwältigt.

Die Musik ist das Fundament, das die Menschen für ein glückliches und gesundes Leben brauchen. Der Musikpsychologe und Sozialwissenschaftler Dr. Karl Adamek untersucht seit Jahren leidenschaftlich die Bedeutung und die Auswirkung des Singens auf die menschliche Entwicklung und vor allem auf die Schulfähigkeit der Kinder. Die Ergebnisse einer empirischen Studie mit mehr als 500 Kindern zeigen, dass das Singen sich positiv auf ihre soziale, psychische und physische Entwicklung auswirkt.

Ein ungezwungenes, fröhliches, gemeinsames Singen bereitet die Vorschulkinder hervorragend auf die Schule vor. Die Kinder, die täglich mindestens 30 Minuten gesungen haben, haben im Einschulungstest signifikant bessere Ergebnisse erzielt als ihre Altersgenossen. Deshalb sollte die angeborene und bei jedem Menschen vorhandene Musikalität unbedingt gefördert werden.

Besonders die hochsensiblen Kinder, die die auditiven Reize charakteristisch gut aufnehmen, sind musikalisch oft im Vorteil. Die Dynamik, Klangfarbe sowie Tonlagen können sie auffallend gut wahrnehmen und kategorisieren. Musik lässt die Nervenzellen miteinander verknüpfen, die bei alltäglichen Lernbedingungen sonst nicht aufeinandertreffen. Die einzigartigen Verknüpfungen von verschiedenen Elementen sind typisch für hochsensible Kinder. Deshalb bietet sich Musik als eine hervorragende Beschäftigung für HS-Kinder an.

Blockflöte – perfekt für die musikalische Erziehung

Bereits im Alter von vier Jahren können Kinder mit dem Blockflötenunterricht anfangen. Um herauszufinden, wie dein hochsensibles Kind auf das Musizieren reagiert, kannst du mit ihm eigenständig zuhause das Spielen auf der Blockflöte ausprobieren. Das Instrument ist kostengünstig und schnell zu erlernen. Im Internet gibt es zahlreiche Einsteiger-Videos dazu. Wenn du merkst, dass dein Kind Gefallen daran hat, kannst du es für professionelle Musikstunden anmelden. Viele Musikschulen bieten Schnupperunterricht an. So kann dein Kind ausprobieren, ob ihm das Musizieren auch in einer fremden Umgebung gefällt. Die langsame Heranführung an die neue Situation sorgt für Normalität und Vertrautheit.

Vorteile der Blockflöte

- Die Blockflöte eignet sich hervorragend als Einsteigerinstrument und ist nicht teuer.

- Das Musizieren wirkt sich positiv auf die Feinmotorik, Konzentration, Denkfähigkeit sowie Kreativität aus.

- Die Ausschüttung der Endorphine, die beim Musikspielen erfolgt, macht glücklich.

- Sobald das Kind die Blockflöte gut beherrscht, kann es auf die Querflöte umsteigen.

Durch das Spielen eines Instrumentes kann das Kind die Rhythmik und Musik als eine lebendige und kreative Beschäftigung wahrnehmen. Dein hochsensibles Kind kann sein künstlerisches Potential entdecken und weiterentwickeln.

Noten lernen – leicht gemacht

Noten sind die Sprache der Musik. Und genauso sollten die Noten auch gelernt werden - wie eine Sprache. Wenn du im Englischen das Wort „apple" lernst und dabei einen Apfel isst, wirst du dir das Wort sehr schnell merken können. Denn wir Menschen lernen am besten, wenn wir mehrere Handlungen miteinander verknüpfen. Und so lernt dein Kind am einfachsten die Noten:

- Wenn dein Kind die ersten Noten spielt, sollte es sich in seinen Gedanken die Note vorstellen.

- Noten, die dein Kind schon spielen kann, sollten in das Notenblatt geschrieben werden.

- Überlegt euch gemeinsam für alle Noten eine Eselsbrücke.

Wie es bei fast allen Tätigkeiten so ist: *Übung macht den Meister*! Am Anfang seiner Musikkarriere wird dein Kind noch länger für das Lesen der Noten benötigen, doch mit jeder Übung wird sich diese Zeit verkürzen. Und sobald neue Verknüpfungen in seinem Gehirn entstanden sind, wird es die Noten im Schlaf lesen können.

Eine gute Methode bei ganz kleinen Kindern ist es, die Noten mit Hilfe von Farben und Zahlen zu lernen. Kommt dir das bekannt vor? Genau, an dieser Stelle möchte ich noch einmal kurz die Synästhesie aufgreifen. Die Synästhetiker reagieren auf Reize ihrer Umwelt gleichzeitig mit unterschiedlichen Arealen ihres Gehirns. So werden plötzlich komplett unterschiedliche Dinge miteinander verknüpft. Und genau aus diesem Grund hat sich die Methode, die Noten mit Hilfe von Farben und Zahlen zu lernen, als sinnvoll erwiesen. Plötzlich ist die Note "D" grün und der Notenschlüssel eine Sieben. Die meisten Menschen mit Synästhesie haben eine ausgeprägte kreative und musische Veranlagung.

Vor allem kleine Kinder können sich die Noten nach Farben oder Zahlen besser merken. Wenn dein hochsensibles Kind mit Zahlen oder unterschiedlichen Farben besser zurechtkommt, ist es eine sehr gute Möglichkeit, schon in ganz jungen Jahren dem Kind das Musizieren beizubringen.

Musik in der Sprachförderung

"Aram sam sam, Aram sam sam, gulli, gulli, gulli, ram sam sam" – die beliebten Mitmachlieder sind hervorragend für die Sprachförderung geeignet. Nicht umsonst. Die Kinder bewegen sich, singen mit und haben noch viel Spaß dabei. Was will man mehr? Die Motorik wird ausgebildet und die kognitive Fähigkeit gestärkt. Das gemeinsame Singen und Bewegen fördern zudem soziale Kontakte, Freundschaften werden schneller geknüpft. Die Untersuchungen zeigen, dass kleine Kinder, die regelmäßig Musik machen, kooperativer, empathischer und hilfsbereiter sind. Durch das Singen wird vor allem der Spracherwerb erleichtert. Die hochsensiblen Kinder tun sich dadurch leichter mit der aktiven Sprache, unter anderem mit dem Smalltalk.

Kampfsport – die perfekte Kunst für hochsensible Kinder

Eine weitere tolle Beschäftigung sowohl für hochsensible Jungen als auch für Mädchen ist die Kampfkunst, zum Beispiel Karate, Ju-Jutsu, Taekwondo oder Judo. **Neben der Bewegung bieten Kampfsportarten folgende Vorteile:**

- Dein hochsensibles Kind knüpft in der Trainingszeit automatisch neue Freundschaften. In der Gruppe arbeitet es zusammen mit anderen, aber auch allein an der Erreichung seiner Ziele.

- An die Altersgruppen angepasste Trainingseinheiten und strukturierte Bewegungsabläufe helfen deinem Kind auf seinem Weg zum selbstbewussten Menschen.

- In der Gruppe lernt dein Kind die Kommunikation, Interaktion sowie den respektvollen Umgang mit anderen Kindern.

- Für hochsensible Kinder ist ein strukturierter Alltag enorm wichtig. Beim Kampfsport lernt dein Kind klare Muster der Bewegungen. Dies hilft ihm, auch in seinen Alltag feste Strukturen einzubauen.

- Bei allen Kampfsportarten werden zusätzlich zum körperlichen Training auch Körpersprache und Stimme trainiert. Dies hilft deinem Kind allein durch Mimik und Gestik seine Grenzen aufzuzeigen und nicht in die Opferrolle zu fallen.

- Auch bei motorischen Problemen können Kampfsportarten gute Dienste leisten. Beim regelmäßigen Training wird dein Kind immer geschickter und entwickelt ein gutes Körpergefühl.

Bei den Kampfkünsten werden nicht nur unterschiedliche Techniken vermittelt, sondern auch viel Wert auf eine ganzheitliche Entwicklung der Persönlichkeit gelegt. Eine tolle Kombination bei Hochsensibilität.

Der Ausflug zum Streichelzoo – tierisch gut!

Tiere sind etwas ganz Wunderbares! Sie sind nicht nur fantastische Spielkameraden, sie tragen auch einen großen Teil zur kindlichen Charakterbildung und zur körperlichen und seelischen Gesundheit bei. Auch für die Verantwortungsübernahme sowie emotionale Entwicklung sind die Tiere wertvolle Begleiter. Irgendwann einmal kommt in jeder Familie die Frage aller Fragen: "*Können wir ein Haustier haben?*" Die großen, hoffnungsvollen Kinderaugen schauen dich an. "*Biiitte.*"

Katze, Hund, Meerschweinchen, Kaninchen oder Hamster – was haben sie alle gemeinsam? Genau – sie brauchen Platz und der Besitzer Zeit!

Leider ist es nicht allen Eltern aufgrund der beruflichen Verpflichtungen, Allergien oder Platzmangel möglich, ihr Kind mit einem Haustier zu beglücken. Für diese Eltern habe ich eine gute Nachricht. Die

Forschungsergebnisse zeigen, dass es nicht unbedingt notwendig ist, dass das Tier in den gleichen vier Wänden lebt. Denke an die Delfin-Therapie oder an das Reiten – sowohl Delfine als auch Pferde habe eine positive Auswirkung auf die Menschen, obwohl sie anderweitig untergebracht sind. Regelmäßiger Kontakt zu den Tieren ist entscheidend und reicht völlig aus, um alle Vorteile der Mensch-Tier-Interaktion zu genießen.

Eine tolle Möglichkeit dazu bieten Wildparks. Innerhalb kürzester Zeit können die Kinder eine Beziehung zu den Tieren aufbauen und später in der Fantasie mit dem Tier weiteragieren. Das tut den hochsensiblen Kindern gut. Sie können ihre Fantasie ausleben und auch den durch Reizüberflutung entstandenen Stress abbauen. Zudem konnten einige Studien nachweisen, dass der Umgang mit Tieren bei Kindern mit Lernschwäche unterstützend wirkt. Auch Kindern mit seelischen Erkrankungen, Traumata oder Depressionen tun die tierischen Freundschaften gut.

Zudem stellen Hundepatenschaften eine gute Kontaktmöglichkeit dar, wenn man keine Zeit oder keinen Platz für den Vierbeiner hat. Der Hund tut nicht nur den Kleinen gut, auch Erwachsene profitieren vom guten Menschenfreund. Eine großangelegte schwedische Studie analysierte über den Zeitraum von zwölf Jahren 3,4 Millionen erwachsene Probanden. Die Ergebnisse zeigten, dass Hundehalter gesünder sind, weniger unter Herzkrankheiten leiden und länger leben. Die Wissenschaftler begründen diese Tatsache mit mehr Bewegung durch regelmäßiges Gassigehen. Zudem sind Hundehalter stressresistenter. Die Hundepatenschaft ist eine tolle Sache – für den Hund, für dich und für dein hochsensibles Kind.

11. Tipps zu zwischenmenschlichen Beziehungen & Freundschaften hochsensibler Kinder

Die Eltern der hochsensiblen Kinder empfinden den Umgang ihrer Sprösslinge mit anderen Kindern oft als schwierig. Sie haben eine bestimmte Idealvorstellung und vergessen dabei, dass jedes Kind und vor allem die hochsensiblen Kinder unterschiedlich und einzigartig sind. Das ideale Verhalten gibt es nicht.

Als Beispiel schildere ich den Besuch am Spielplatz: Es ist Samstag 10 Uhr, die Sonne scheint und du verabredest dich mit einer Bekannten und ihrem Kind auf dem Spielplatz. "*Es wird schön sein! Ich habe jemanden zum Quatschen und die Kinder können in der Zeit wunderbar zusammen spielen.*"

Doch mit der Realität hat die Erwartungshaltung oft leider nichts zu tun. Denn deine Wahrnehmung und die Wahrnehmung deines Kindes sind zwei Paar Schuhe. Die hochsensiblen Kinder nehmen die anderen Spielkameraden oft anders wahr. Es ist ihnen zu laut, zu fremd und zu viel los. Das Kind versteckt sich hinter dir und will von Altersgenossen nichts hören.

Versetze dich in die Lage deines hochsensiblen Kindes. In der Umgebung passieren viele Dinge – ein Kind schreit, das andere rennt schnell vorbei, Anne ruft Philipp, Sophie singt ein Lied und auf dem Feld nebenan wird eifrig Fußball gespielt. Zu viele Eindrücke und Reize überfordern dein hochsensibles Kind.

Nicht nur die auditiven und visuellen Reize machen es deinem Kind schwer, auch die Gefühle, Mimik, Gestik und die Stimmung anderer beeinflussen dein Kind.

Es muss sich erst an die Situation gewöhnen und all die Eindrücke verarbeiten. Und dafür braucht es dich – seine Vertrauensperson!

Warum dein Kind mit anderen Kindern nur schwer in den Kontakt kommt:

- Es muss die Situation erst einmal analysieren und sich daran gewöhnen.

- Dein Kind braucht Zeit, um die vielen Reize zu verarbeiten.

- Dein Kind hat eine "bunte" Fantasie, kann sich hervorragend allein beschäftigen und braucht andere Kinder nicht zum Spielen.

- Hochsensible Kinder sind ihren Altersgenossen oft voraus und finden den Umgang mit ihnen langweilig.

- Wenn du dein Kind zum Spielen drängst und es unter Druck setzt, baut es eine noch größere Blockade auf.

So kannst du dein Kind unterstützen:

- Gib deinem Kind das Recht, selbst die Entscheidung zu treffen, mit wem es spielen möchte und mit wem nicht. Sei achtsam mit deinem Kind. Erfühle seine Bedürfnisse, nicht deine.

- Die hochsensiblen Kinder haben eine sehr gute Intuition für zwischenmenschliche Beziehungen. Oft spüren sie bereits am Anfang des Kontakts, ob sie mit dem Gegenüber auf gleicher Wellenlänge sind.
Lass dein Kind sich auf seine Intuition verlassen, auch wenn du das nicht immer nachvollziehen kannst.

- Oft haben die HS-Kinder andere Gedankengänge und Fantasien. Aus diesem Grund fühlen sie sich missverstanden und vermeiden am besten gleich jegliche Kontakte. Versuche die Welt deines Kindes zu verstehen. Das Vermeiden von jeglichen Kontaktsituationen ist kontraproduktiv.

- Dränge nicht. Wenn das Kind versteht, dass sein Wille und seine Bedürfnisse akzeptiert werden, wird es sich schneller öffnen.

Also raus an die frische Luft – gemeinsame Aktivitäten, Spiele und Erlebnisse fördern Inklusion und stärken das Gemeinschaftsgefühl. Konfrontiere dein Kind langsam und einfühlsam mit anderen Kindern und lass dein Kind entscheiden, wann der richtige Zeitpunkt für die Kontaktaufnahme ist.

12. Spielerische Übungen für sensible Kinder zur Stärkung des Selbstwerts

Selbstbewusste Menschen gehen glücklicher, erfolgreicher und zufriedener durch das Leben. Das Selbstbewusstsein entwickelt sich ein ganzes Leben lang. Hochsensible Kinder fühlen sich durch die reizstarke Umwelt oft überfordert und unsicher. Dadurch leidet ihr Selbstwertgefühl. Aber ich habe gute Nachrichten für dich: Du kannst ganz gezielt deinem Kind helfen, mehr Selbstvertrauen sowie innere Stärke aufzubauen. In diesem Kapitel findest du viele Tipps, Ratschläge und praktische Übungen sowie Spiele, die im Alltag einfach umzusetzen sind und das Selbstwertgefühl stärken.

Warum Selbstbewusstsein im Leben wichtig ist:

Selbstbewusste Menschen...

- **sind kontaktfreudiger** – wer offen und ohne Vorurteile auf andere Menschen zugeht, knüpft schneller Kontakte und kann einfacher Freundschaften aufbauen.

- **sind sicherer** – die innere Sicherheit wird über die Mimik und Gestik an die Außenwelt weitergegeben. Die Mitmenschen spüren diese Sicherheit – ein toller Schutz vor Gewalt und Mobbing.

- **sind gesünder** – wer selbstsicher und positiv lebt, leidet seltener unter Depressionen und Burnout.

- **gestalten ihr Leben nach ihren Vorstellungen** – wer selbstbewusst nach eigenen Wünschen lebt und seine Ziele kontinuierlich verfolgt, lässt sich in der Regel nicht von anderen irritieren und beeinflussen.

- **sind erfolgreicher** – wenn man seine Stärken ganz genau kennt und seine Schwächen identifizieren und daran arbeiten kann, hat man es sowohl in der Schule als auch im Beruf leichter.

Die Kinder lieben Strukturen

Ein gut strukturierter Alltag gibt den Kindern das Gefühl von Geborgenheit und Sicherheit. Kinder lieben es, wenn sie Abläufe und Rituale wiederholen, denn diese helfen ihnen, sich in der großen, noch unbekannten Welt zurechtzufinden. Dies ist übrigens der Grund, warum so viele kleine Sprösslinge Kinderlieder lieben. Die Lieder sind einfach und folgen einer bestimmten Struktur. Die Kinder wissen, dass nach einer Strophe der Refrain kommt. Die Kinderlieder bleiben nach wiederholtem Anhören meist im Kopf und können gleich mitgesungen werden. Experten empfehlen täglich etwa eine halbe Stunde mit seinem Kind zu singen. Dies stärkt nicht nur die Eltern-Kind-Beziehung, auch das Selbstwertgefühl wird durch das gemeinsame Singen deutlich gesteigert.

Qualitative Zeit und Lob

Die Zeit verfliegt und die Kinder wachsen so schnell. Verbringe so viel Zeit wie möglich mit deinem Kind. Gemeinsam lachen, spielen, die Welt erkunden – das sind die wertvollsten Momente im Leben! Wenn dein Kind weiß, dass du es liebst und immer für es da bist, wird sein Selbstwertgefühl automatisch gestärkt.

Ermutige dein Kind bei gemeinsamen Aktivitäten! Ab und zu ist Übermut auch gut! Lobe dein Kind! War es besonders fleißig? Hat es in einem Spiel gewonnen? – Zeig ihm, dass du dich für es freust!

Unabhängigkeit und Selbständigkeit

Dein Kind ist eine eigenständige Person mit individuellen Gefühlen, Neigungen und Begabungen. Gib deinem Kind das Gefühl von Selbständigkeit und Unabhängigkeit. Ist der Bäcker um die Ecke? Lass dein Kind mal beim Bäcker die Brötchen kaufen oder im Restaurant eine Bestellung aufgeben. Die Übernahmen von kleinen Aufgaben im Alltag machen dein Kind zu einer selbständigen Persönlichkeit und stärken sein Selbstvertrauen.

Ein kleiner Erwachsener

Wenn es im Familienleben um Entscheidungen geht, sind meist nur die Eltern gefragt. Und genau das ist falsch. Das Kind ist ein gleichwertiges Familienmitglied und seine Meinung sollte auch im Entscheidungsprozess berücksichtigt werden. Selbstverständlich versteht ein Kind vieles nicht und kann oft keine überlegten Entscheidungen treffen, aber ihm das Gefühl zu geben, dass seine Meinung auch zählt, ist enorm wichtig. Zeige ihm, dass du seine Gedankengänge und Vorschläge entgegennimmst und akzeptierst.

Praktische Tipps für den Alltag

- Bedingungslose Liebe ist das A und O. Zeige deinem Kind, dass du es liebst, auch wenn es mal etwas Blödes gemacht hat. Das heißt nicht, dass du mit ihm nicht schimpfen darfst. Im Gegenteil! Nur so kann dein Kind lernen, was richtig und was falsch ist. Es darf aber nie das Gefühl bekommen, ungeliebt zu sein. Liebesentzug zerstört die verletzliche Seele.

- Fokussiere dich auf die Stärken deines Kindes. Was kann dein Kind besonders gut? Die Ergebnisse vieler Studien zeigen: Wenn die Eltern die Stärken des Kindes in den Vordergrund stellen, beeinflusst dies direkt seine Entwicklung in positiver Weise und stärkt sein Selbstbewusstsein.

- Wer lacht, der lebt länger. Und nicht nur das. Lachen macht gute Laune und hält fit. Das humorvolle und entspannte Begegnen den kleinen Missgeschicken gegenüber macht das Leben einfacher und stärkt das Selbstwertgefühl.

- Sport, vor allem die bereits erwähnte Kampfkunst ist toll für das kindliche Selbstbewusstsein. Die Auswahl der Kampfsportarten ist groß, lass dein Kind ein paar Schnupperstunden machen und sich selbst für eine Sportart entscheiden.

- Wenn dein Kind weint und unglücklich ist, sei für es da! Sätze wie *"Du bist schon groß!" oder "Schäm dich, dass du weinst"* sind fehl am Platz. Die bitteren Tränen und schlechte Laune gehören zum Menschsein dazu.

- Lass dein Kind Fehler machen. Denn die Fehler geben uns die Möglichkeit, uns weiterzuentwickeln.

- Kinder sind von Natur aus wissensbegierig. Darum stellen sie auch so viele Fragen: *Wieso, weshalb, warum?* Viele Eltern reagieren darauf schnell genervt und wundern sich später, warum die Fragerunden nicht mehr vorkommen. Sei geduldig, dein Kind ist wie ein unbeschriebenes Blatt Papier und du bist der Autor. Gib dein Wissen und deine Lebenserfahrung weiter. Dein Kind wird schlauer und selbstbewusster.

- *"Katharina hat eine Zwei in Mathe bekommen, warum hast du denn eine Drei?" "Paul spielt bereits seit drei Jahren fast täglich Fußball und du hast überhaupt kein Interesse!"* Das Vergleichen der Kinder ist ein wahrer Persönlichkeitskiller! Jedes Kind ist individuell und hat eigene Stärken und Interessen. Vergleiche nie. Konzentriere dich auf dein Kind und fördere seine Talente.

Sei ein Vorbild! Die Kinder brauchen im Leben eine Orientierung. Und das bist du. Lebe deinem Kind ein glückliches, entspanntes und zufriedenes Leben vor. Dein Kind wird dir dafür danken.

Spiele zur Stärkung des Selbstbewusstseins und Selbstvertrauens deines Kindes

1. Malen macht stark

Du brauchst: Papier und Buntstifte

Teilnehmer: alle Familienmitglieder oder auch der Freundeskreis

Ziel: Stärkung des Gemeinschaftsgefühls und Selbstbewusstseins

Anleitung: Alle Teilnehmer sollen ein Bild mit den Dingen, die sie aktuell im Leben beschäftigen, malen. Vielleicht ein bevorstehender Schulstart, eine Reise oder ein Erlebnis im Kindergarten? Dann soll jeder Teilnehmer seine Zeichnung vorstellen und dazu seine guten Eigenschaften und Persönlichkeitsmerkmale aufzeigen. Beispiel: "*Ich habe eine Wandertour in den Bergen gemalt. Ich liebe es, zu reisen und neue Sachen zu entdecken. Ich bin wissbegierig und offen.*" Am Ende gibt jeder Teilnehmer eine positive Rückmeldung zu jedem gezeichneten Bild.

Reflektion: Die Kinder können ihre Kreativität ausleben und die eigenen positiven Eigenschaften identifizieren und reflektieren. Das Erzählen wird gefördert. Die Kinder lernen sich und ihre Mitmenschen besser kennen. Dadurch fällt ihnen das zukünftige Knüpfen der Kontakte leichter.

2. Das Herz der Komplimente

Du brauchst: Stifte und ein großes Herz aus Papier

Teilnehmer: alle Familienmitglieder oder auch der Freundeskreis

Ziel: Stärkung des Selbstbewusstseins und Selbstvertrauens, Kommunikation und Interaktion

Anleitung: Jeder Teilnehmer schreibt seinen Namen auf ein kleines Stück Papier. Die Zettel werden gefaltet und in einem Behälter vermischt. Anschließend darf jedes Kind ein Papier mit dem Namen ziehen. Es sollte sichergestellt sein, dass niemand seinen eigenen Namen gezogen hat. Nun darf jeder etwas Nettes über den Menschen sagen, dessen Namen er gezogen hat. Alle Komplimente werden auf das große Herz geschrieben.

Reflektion: Die Kinder lernen, etwas Gutes über andere Menschen zu sagen. Dies fördert die Interaktion und die Kommunikation. Die Kinder, die das Kompliment erhalten, werden selbstbewusster und gewinnen an Selbstvertrauen.

3. Der gemeinsame Freund

Du brauchst: Ein Spielzeug (z. B. einen Teddybär)

Teilnehmer: alle Familienmitglieder oder auch der Freundeskreis

Ziel: Stärkung des Selbstbewusstseins, Kommunikation, Inklusion

Anleitung: Alle Spielteilnehmer sitzen im Kreis und geben dem süßen Teddybären einen Namen (z. B. Tony). Der erste Teilnehmer beginnt das Spiel, indem er Tony seinen Namen und eine Eigenschaft von sich verrät. Zum Beispiel: "*Ich bin Anne, ich bin sehr ungeduldig.*" Nun wandert das Spielzeug zum nächsten Teilnehmer. Er wiederholt das, was der letzte Teilnehmer gesagt hat und fügt seinen Namen und seine Eigenschaft hinzu. Zum Beispiel: "*Ich bin Anne, ich bin sehr ungeduldig. Ich bin Moritz, ich bin sehr tollpatschig.*"

Reflektion: Der kleine Teddybär wird zum Zuhörer. Diese Rolle unterstützt die kleinen Kinder und bestärkt sie zur Interaktion und zum Führen von Smalltalk. Dies ist für hochsensible Kinder besonders wichtig. So können sie ihre Schüchternheit ablegen und etwas erzählen.

4. Die Welt der Emotionen

Du brauchst: bunte Stifte und Papier

Teilnehmer: alle Familienmitglieder oder auch der Freundeskreis

Ziel: Stärkung der emotionalen Kompetenz und des Selbstbewusstseins

Anleitung: Alle Spielteilnehmer sitzen im Kreis, jeder bekommt ein Blatt Papier und bunte Stifte.

Ein Erwachsener beschreibt nach und nach bestimmte Situationen, die unterschiedliche Emotionen hervorrufen können. Zum Beispiel: *"Gestern war ich beim Zahnarzt", "Ich habe in der Schule eine schlechte Note bekommen", "Am Wochenende gehen wir wandern",*

"Mein kleiner Bruder nervt mich", "Morgen gehe ich mit meiner Freundin ins Kino", "Ich habe Bauchschmerzen und fühle mich krank". Die Aufgabe der Teilnehmer ist zunächst, die unterschiedlichen Emotionen zu zeichnen, zum Beispiel in Form von Emojis. Wenn die Zeichnungen fertig sind, soll jeder Teilnehmer diese Emotionen nachahmen und mit eigenen Worten erklären.

Reflektion: Die Kinder lernen bei diesem Spiel, dass es völlig normal ist, unterschiedliche Emotionen zu haben. *Stolz, fröhlich, zufrieden, traurig, glücklich, überrascht, verärgert, sauer, ängstlich, genervt, verwirrt, einsam, enttäuscht, hilflos* – die Welt der Emotionen ist riesig. Es wird klar, dass es völlig in Ordnung ist, seine Gefühle zu zeigen. Diese Erkenntnis trägt zum Selbstbewusstsein bei und stärkt die emotionale Kompetenz. Dies ist besonders bei der Hochsensibilität wichtig.

5. ***Die vertraute Autofahrt***

Du brauchst: mehrere lange Schnüre

Teilnehmer: alle Familienmitglieder oder auch der Freundeskreis. Die Anzahl der Teilnehmer soll durch zwei teilbar sein.

Ziel: Stärkung des Selbstbewusstseins und Vertrauens, Kommunikation und Bewegung

Anleitung: Auf die Plätze! Fertig! Los! Auf dem Boden wird aus Schnüren eine Straße gelegt.

Dabei lässt man zwischen den Schnüren einen Abstand von etwa 30 cm. Nun werden Paare gebildet. Es kann auch nur ein Paar (du und dein Kind) spielen. Dem Kind, das die Rolle eines Autos übernimmt, werden die Augen verbunden. Du bist der Fahrer. Nun fährst du das Auto mit Hilfe von Berührungen:

Rechter Arm – Rechtskurve, linker Arm – Linkskurve, Rücken – anhalten, Bauch – vorwärts. Wenn das Auto mit dem Fahrer am Ziel angekommen ist, werden die Rollen getauscht.

Reflektion: Bei diesem Spiel muss das "Auto" blind dem "Fahrer" vertrauen. Die nonverbale Kommunikation (Berührungen), das Selbstbewusstsein und das "Wir-Gefühl" werden gestärkt.

6. Das schreiende STOPP!

Du brauchst: keine Materialien

Teilnehmer: alle Familienmitglieder oder auch der Freundeskreis

Ziel: Stärkung der emotionalen Kompetenz und des Selbstbewusstseins, Stressbewältigung

Anleitung: Alle Teilnehmer setzen sich auf den Boden. Jeder konzentriert sich auf seine Atmung. Tief einatmen – tief ausatmen. Nun soll jeder versuchen, nach dem Ausatmen ganz laut "Stopp" zu schreien. Was passiert dabei? Die Teilnehmer sollten diese Übung mehrmals wiederholen.

Reflektion: Diese Übung hilft den Kindern, sich unter Stress äußern zu können. Außerdem lernen die Kinder dabei, Grenzen aufzuzeigen und selbstbewusst aufzutreten.

7. Reden und Zuhören lernen

Du brauchst: Ein Gerät, auf dem ein Kinderlied abgespielt werden kann, eine Stoppuhr

Teilnehmer: alle Familienmitglieder oder auch der Freundeskreis. Die Anzahl der Teilnehmer soll durch zwei teilbar sein.

Ziel: Verbesserung des aktiven Redens und Zuhörens, gegenseitiger Respekt

Anleitung: Alle Teilnehmer werden in Paare aufgeteilt und soweit es der Raum zulässt, auseinandergesetzt. Ein Paarmitglied ist der Zuhörer und das andere der Redner. Nun wird ein Kinderlied abgespielt. Wenn das Lied vorbei ist, soll der Redner dem Zuhörer erklären, worum es im Lied geht und was er darüber denkt. Der Redner hat genau 3 Minuten Zeit. In dieser Zeit darf der Zuhörer nichts sagen. Seine Emotionen kann er nur durch Augenkontakt und Mimik äußern. Nach Ablauf der Zeit werden die Rollen innerhalb des Paares getauscht.

Reflektion: Bei dieser Übung lernen die Kinder zu reden und aktiv zuzuhören. Dabei werden der gegenseitige Respekt gefördert und das Selbstvertrauen gestärkt.

13. Meditationen und Fantasiereisen für überreizte Kinder zum Entspannen

Das Wort "meditieren" kommt aus dem Lateinischen und bedeutet "nachdenken". Bei der Meditation gelangt man auf eine tiefe Ebene des Denkens.

Die hochsensiblen Kinder zeichnen sich dadurch aus, dass sie sehr tiefgründig über verschiedene Themen denken. Meditation stellt somit eine gute Möglichkeit dar, diese tiefen Gedanken für die Verarbeitung von neuen Eindrücken und für die Entspannung der Seele zu nutzen. Die Meditation hilft uns nicht nur zu entspannen, sie hat auch viele andere Vorteile:

Emotionen richtig erleben

Meditation hat einen direkten Einfluss auf unsere Wahrnehmung. Menschen, die regelmäßig meditieren, sind achtsamer und fokussierter. Den hochsensiblen Kindern hilft das Meditieren, mit ihren Gedanken, Gefühlen sowie Emotionen richtig umzugehen. Sie lernen, die unwichtigen Reize auszuschalten und fokussieren sich auf das Wesentliche.

Stressreduktion und Gesundheit

Untersuchungen zeigen, dass Meditation beim Stressabbau hilft. Das Meditieren reduziert nachweislich die Ausschüttung von Stresshormonen und trägt zur entspannten Lebensweise bei. Sie hilft uns, mit unterschiedlichen Herausforderungen des Lebens besser klarzukommen.

Zudem sind Menschen, die regelmäßig meditieren, weniger anfällig für Erkältungskrankheiten und Grippe.

Positive Mind

Negative Gedanken lassen sich durch Meditation reduzieren. Dies trägt zu einer besseren Stimmung und zu höherem Wohlbefinden bei. Auch auf das Schlafverhalten hat Meditation einen positiven Einfluss. Die Kinder werden dadurch ruhiger und entspannter. Gute Schlafqualität sorgt für gute Schulleistungen und bessere Konzentration.

Des Weiteren hilft Meditation bei:

Überreizung
Leistungsdruck
Konzentrationsstörungen
Mobbing
Angst
Konflikten
Unkontrollierten Emotionen
Minderwertigkeitsgefühlen

Somit leistet Meditation eine wertvolle Unterstützung bei Hochsensibilität.

Meditieren für Kinder

Im Gegensatz zu Erwachsenen haben Kinder weniger Geduld und können die Aufmerksamkeit nicht so lange aufrechterhalten. Wenn man aber bestimmte Regeln beachtet, kann Meditation kleine Kinder in große Superhelden verwandeln. Die Meditationstechniken sollen an das Alter und die Persönlichkeit deines Kindes angepasst sein. Spielerisches Meditieren macht nicht nur Kindern Spaß, auch Erwachsene können gern mitmachen und das Meditieren aus einer neuen Perspektive erleben.

1. Achtsames Atmen

Lege deinem Kind eine Murmel auf den Bauch. Nun soll das Kind ganz langsam und bewusst atmen, sodass die Murmel nicht wegrollt. Bei dieser Meditationsübung lernt dein hochsensibles Kind die tiefe Atmung und kann sich dabei beruhigen und entspannen.

2. Zauberkräfte à la Superman/-woman

Hochsensible Kinder können leicht überreizen. Um dem alltäglichen Wirbel entgegenzuwirken, kann meditative körperliche Stille helfen. Damit der Superman seine Kräfte aufladen kann, darf er sich nicht bewegen. Dabei soll das Kind eine angenehme Pose annehmen und stillhalten, bis es bis 100 gezählt hat. Diese Übung hilft deinem Kind zur Ruhe zu kommen, Kräfte zu sammeln und die gesammelten Reize wieder in die Umwelt abzugeben.

3. Die Musik der Klangschale

Dein Kind soll sich auf den Rücken legen und seine Augen schließen. Du nimmst eine Klagschale und legst sie auf den Bauch deines Kindes. Das Kind spürt zunächst das Gewicht, gewöhnt sich aber nach ein paar Minuten daran. Mit dem Lederklöppel schlägst du sanft auf die Schale. Der Klang verbreitet sich im Raum und die Vibration im Körper deines Kindes. Nach ein paar Wiederholungen wird das Kind die Vibration ganz bewusst wahrnehmen. Weise dein Kind an, die Schwingungen in seinem Körper zu verfolgen und deren Weg zu beschreiben. Wo gehen sie hin? In die Arme? In die Beine?

Diese Übung hilft deinem Kind genau zuzuhören, seinen Körper genau zu spüren und die Veränderungen wahrzunehmen. Dabei gewinnt das Kind eine emotionale Balance und ein starkes Körperbewusstsein.

4. Der Springbrunnen

Diese Übung fördert die Konzentration, das genaue Hinsehen und Hinhören deines Kindes.

Dein Kind kann diese Übung selbständig ausführen. Dafür benötigt es eine Klangschale, die mit ein wenig Wasser gefüllt wird. Die Schale wird sanft mit einem Lederklöppel geschlagen. Durch das Vibrieren der Schale springt das Wasser in die Höhe – ein kleiner Springbrunnen entsteht. Mit der Menge des Wassers und der Stärke des Schlages können der Klang, die Vibration und folglich die Springhöhe des Wassers variiert werden. Förderung und Spaß in Einem!

5. Das magische "Om"

Das Mantra "Om" hat eine enorm beruhigende Wirkung auf den menschlichen Geist und hilft den hochsensiblen Kindern, bei Überreizung schnell zur Ruhe zu kommen und ihre Gefühle zu kontrollieren.

Dein Kind soll sich hinlegen, seine Augen schließen und ruhig durch die Nase atmen. Beim Ausatmen soll es langsam ein "*OOOOOMMMMMMMMMMMMMMMM*" singen. Zum Ende soll die Lautstärke abnehmen, bis das "Om" im Ausatmen endet. Die Übung soll mehrmals wiederholt werden und das "Om" mit jedem neuen Atemzug länger gehalten werden. Gerne kannst du diese Meditationsübung auch deinem Kind vormachen.

6. Einmal ans Meer und zurück

Diese Übung kann sowohl im Sitzen als auch im Liegen durchgeführt werden. Du und dein Kind sollen eine angenehme Pose einnehmen. Schließt eure Augen und macht die Ohren mit Hilfe von euren Fingerkuppen fest zu, sodass ihr keine Geräusche der Außenwelt mehr wahrnehmen könnt. Mit geschlossenen Augen und Ohren atmet ihr nun tief ein und aus. Kommt dir das Geräusch bekannt vor? Das Meeresrauschen – ein kleiner Ausflug in die Karibik. Lauscht dem Wellentanz und entspannt euch.

Diese Übung fördert die Fantasie, das Körpergefühl und die Konzentration.

7. Ab ins Weltraum-Abenteuer

Diese Fantasiereise fördert die Kreativität, lässt den Alltagsstress zurück und stärkt die Bindung zwischen den Reisenden.

Leg dich mit deinem Kind hin, nimm seine Hand und schließt beide eure Augen. Stellt euch vor, dass der Körper schwerelos wird und langsam abhebt. Hoch bis zum Weltall. Ihr fliegt gemeinsam durch die Galaxie. *Seht ihr die Erde, den Pluto und den Saturn?* Millionen Sterne funkeln euch entgegen. Eine Reise, die ihresgleichen sucht. Langsam kehrt ihr zurück. Kommt wieder in den Körper. Spürt eure Zehen, spürt eure Finger, öffnet die Augen. Willkommen zurück auf der Erde.

Nun seid ihr zurück. Das freut mich. Wie war eure Reise ins Weltall? Hat es euch Spaß gemacht?

Wollt ihr noch mehr Reisen erleben?

Dann, los geht's!

Fantasiereisen

Fantasiereisen sind bei den Kindern sehr beliebt. Sie tauchen ein in eine andere Welt voller Gefühle, Fabelwesen und Abenteuer. Durch Fantasiereisen können die hochsensiblen Kinder ihrer bunten Vorstellungskraft freien Lauf lassen, ihre Kreativität ausleben sowie mental und körperlich entspannen. Mit diesen Fantasiereisen erleben die Kinder ihre Umwelt auf eine ganz neue Art und Weise.

Hörst du den Wald? Er lebt!

Bei dieser Meditationsübung begebt ihr euch als Familie auf einen realen Ausflug in den Wald. Genießt die gemeinsame Zeit.

Nehmt Stifte, Papier und Picknickdecke mit. Geht gemeinsam als Familie in den Wald.

Sobald ihr an eurem Ziel angekommen seid, breitet die Decke aus, macht es euch gemütlich, schließt die Augen und hört einfach zehn Minuten lang hin. Die ersten Minuten werden euch vielleicht langweilig erscheinen, aber glaubt mir, am Ende werdet ihr erstaunliche Dinge hören. Der Wald ist voller Leben: Der Wind tanzt zwischen den Blättern der Bäume, das Eichhörnchen versteckt seine Nüsse, die Vögel singen fröhlich ihr Lied. Unsere Natur ist ein Wunder und steckt voller Überraschungen. Öffnet nun eure Augen, schreibt alles auf, was ihr in den letzten zehn Minuten gehört habt. Die kleinen Kinder, die noch nicht schreiben können, können selbstverständlich die Hör-Erlebnisse erzählen.

Die Reise mit dem Luftballon

Lass dein Kind sich in eine Kuscheldecke einwickeln, die Augen schließen und träumen, während du ihm diese Geschichte vorliest.

"Die warmen Sonnenstrahlen auf deiner Haut, der feine Sand unter deinen Füßen, die frische Meeresbrise spielt in deinen Haaren – du bist gerade an einem Strand – ganz weit weg von hier. Du hörst die Wellen rauschen und genießt die innere Ruhe. Die Möwen tanzen über dem Wasser, angetrieben vom Wind. Neben dir liegen viele Muscheln in unterschiedlichsten Formen – kleine, große, runde, einige haben sogar fantasievolle Muster. Du versuchst die Muscheln zu zählen: eins, zwei, drei, vier, fünf, sechs, sieben... Plötzlich kommt eine Welle und nimmt alle Muscheln mit. Sie gehen auf eine Reise, das Wasser entführt sie in ein geheimnisvolles Abenteuer. Welche magischen Orte, Tiere, Pflanzen werden sie wohl sehen?

Die Welle kommt wieder, sie möchte mit dir spielen: sanft umarmt sie deine Füße und rückt wieder zurück, und wieder eine sanfte Umarmung und zurück – das Wellenspiel macht dich glücklich. Du schaust zum Himmel, die Sonne lächelt dich an und küsst mit ihrer liebevollen Wärme ganz sanft deine Wangen. Plötzlich siehst du, wie ein großer, roter Luftballon sich vom Himmel zu dir senkt. Getaucht in Sonnenlicht kommt er immer näher. Du fragst dich, wo der Luftballon wohl herkommt? Aus welchem Land? Welche Abenteuer hat er schon erlebt? Du streckst deine Hände nach oben und greifst nach der Schnur, die am Luftballon befestigt ist.

Du spürst, wie der große Luftballon versucht, dich nach oben zu ziehen. Dein schwereloser Körper gibt jeden Widerstand auf. Deine Beine und Arme werden immer leichter, eine angenehme Leichtigkeit breitet sich über jede Zelle deines Körpers aus. Du verfällst in einen tiefen Ruhezustand und gleitest wie eine kleine Feder immer mehr nach oben, immer höher und höher.

Der rote Luftballon will dir etwas zeigen, er nimmt dich mit auf eine Weltreise. Die warme Luft strömt an deiner Haut vorbei. Du fliegst. Der Strand, die Wälder und die Berge – von oben sieht alles so klein aus. Unsere Erde ist wunderschön. Bald erreichst du die Wolken, die dich mit einer zarten Umarmung begrüßen. Du steigst ab. Jeder Schritt lässt deine Füße langsam wie in Zuckerwatte versinken. Du kuschelst dich in die flauschige Wolke ein und begibst dich mit ihr auf eine Reise um die ganze Welt. Kannst du die afrikanische Savanne sehen? Die Giraffen strecken ihren langen Hals empor, um die saftigen Blätter zu erreichen, die großen Elefanten nehmen freudig ein Sandbad, der königliche Löwe genießt seinen Mittagschlaf im Schatten eines alten Baumes.

Die Reise geht weiter. Nun kannst du ein kleines Känguru sehen. Der faule Koalabär beobachtet den lustigen Tanz des Kakadus. Australien begrüßt dich mit einer großen Pflanzen- und Tiervielfalt.

Es geht weiter zu den großen Eisschollen der Antarktis. Die tollpatschigen Pinguine und die süßen Robben winken dir zu. Der große Blauwal begrüßt dich mit einem atemberaubenden Sprung aus dem

Wasser. Langsam wird es Zeit, zurückzufliegen. Einmal um die Welt, bringt dich nun die federleichte Wolke zurück. Nun siehst du wieder den bekannten Strand. Die Wolke senkt sich langsam ab, immer tiefer und tiefer. Du steigst aus und spürst wieder die warmen Sonnenstrahlen auf deiner Haut, den feinen Sand unter deinen Füßen, die frische Meeresbrise in deinen Haaren – willkommen zurück."

Die Reise der kleinen Fee

Bei dieser Geschichte entdeckt dein Kind sein Gesicht aus einer ganz neuen Perspektive. Dein Kind soll sich auf eine Kuscheldecke hinlegen und die Augen schließen. Während du deinem Kind die Geschichte vorliest, soll im Hintergrund ganz leise Entspannungsmusik laufen.

"Eine kleine Fee hat sich in unser Haus verirrt. Sie fliegt von Raum zu Raum und schaut mit großem Interesse alles genau an. Die Möbel, die Kleidung, die Spielzeuge – alles ist so neu und unbekannt. Auch Menschen hat sie noch nie gesehen und nun sieht sie dich. Die kleine Fee möchte dich kennenlernen. Vorsichtig kommt sie näher und schaut dich an.

Du liegst bequem auf deinem Rücken. Die Erlebnisse des Tages verblassen. Du konzentrierst dich auf deine Atmung. Einatmen. Ausatmen. Einatmen. Ausatmen. Dein Körper entspannt sich.

Die kleine Fee möchte dein hübsches Gesicht ganz nah betrachten. Sie setzt sich auf deinen Kopf. Deine weichen Haare gefallen ihr, dort ist es warm und kuschelig. Wie in einem großen Wald – so fühlt sich die kleine Fee. Mit großer Abenteuerlust spaziert sie auf deinem Kopf entlang. Ihre Schritte fühlen sich so angenehm an – wie eine sanfte Massage. Tip - Tap. Tip -Tap.

Du genießt es. Die kleine Fee möchte dich weiter erkunden. Langsam klettert sie auf dein Gesicht. Deine zarte Haut fühlt sich toll an. Sie nähert sich langsam deinem rechten Auge. Die Wimpern begeistern die Fee. Sie sind so weich und lang. Vorsichtig streichelt sie mit ihren kleinen Händen darüber – eine Wohltat für deine müden Augen. Die tiefe Atmung, die entspannten Muskeln und die sanften Berührungen schaukeln dich langsam in den Schlaf. Du spürst, wie dein Körper alle Sorgen loslässt.

Dann fliegt die kleine Fee zu deinem linken Auge und streichelt es auch ganz sanft. Du versinkst immer mehr in deine Träume. Nun sieht die gute Fee einen kleinen Berg – deine Nase. Sie krabbelt die Nase hoch, bis sie die Spitze erreicht hat. Von hier aus hat sie einen tollen Ausblick über das ganze Gesicht. Interessiert betrachtet sie alle deine Gesichtszüge. Sie sind schön und so perfekt. Nun geht ihre Reise weiter. Langsam fliegt sie zu deinen Lippen. Sie sind weich, wie eine kleine Wolke. Die Fee kuschelt sich an deine Lippen heran und genießt die Wärme, die durch deine Atmung spürbar ist. Das Geräusch, das durch dein Ein- und Ausatmen entsteht, erinnert sie an das Meeresrauschen.

Mit ihrer kleinen Hand streichelt sie sanft deine Lippen von links nach rechts, von rechts nach links.

Der leichte Luftzug, der von ihren zarten Flügeln kommt, kitzelt dich an deiner Nase. Du wachst auf. Die kleine Fee erschrickt und fliegt weg, aber bald kommt sie sicherlich wieder."

Eine Reise durch die vier Jahreszeiten

Lass dein Kind sich in eine warme Decke einkuscheln, die Augen schließen und sich auf die Reise durch die vier Jahreszeiten begeben.

"Die Tage werden immer länger. Die Sonnenstrahlen küssen mit ihrer sanften Wärme deine zarte Haut. Zentimeter für Zentimeter spürst du, wie die Wärme sich in deinem Körper verteilt. Die ersten Knospen des Baumes öffnen sich der Welt. Neues Leben beginnt – der Frühling ist da. Die Vögel singen fröhlich ihr Frühlingslied. Kannst du sie hören? Sie zwitschern zwischen den kahlen Ästen.

Viele Tiere bekommen im Frühjahr ihre Jungen. Siehst du die kleinen Babyhäschen auf dem Feld hüpfen? Eins, zwei, drei... schnell sind die kleinen Hoppler wieder weg.

Ein Windhauch gleitet über deine Haut. Wie eine sanfte Erfrischung geht der Wind den warmen Sonnenstahlen hinterher. Mit geschlossenen Augen tanzt du durch das bunte Blumenfeld. Rot, gelb, grün, orange – die Farben der Natur sind umwerfend. Die herrliche Welle des Blumenduftes nimmt dich mit und bringt dich in das warme Land des Sommers.

Barfuß gehst du über den warmen Sand. Die frische Meeresbrise spielt in deinen Haaren. Es geht dir gut. Die Bäume zeigen voller Stolz ihre prächtigen Kleider. Alles ist saftig grün und wächst. Die warmen Sommerabende, der rote Horizont – spürst du das Glück durch deine Adern fließen?

Angefangen bei deinen Zehen fließt das Glück durch deinen ganzen Körper. Durch deine Beine, Bauch, Arme, Brust, langsam kommt das Glücksgefühl in deinem Kopf an. Du schwebst und erwachst unter einem großen Baum. Ein rot-gelbes Blatt fliegt hinunter und landet auf deiner Hand. Ein Vorbote des Herbstes.

Du schaust dich um. Der Herbst hat seinen Farbkasten herausgeholt. Grün, Rot, Gelb, Braun, Orange – ein Feuerwerk aus Farben. Ein Eichhörnchen springt von Ast zu Ast und sammelt fleißig die Eicheln und Nüsse für den kalten Winter. Die Luft riecht nach Moos, Laub und Kastanien – eine typische Herbstnote. Du atmest ganz tief ein, dann wieder aus und wieder ein und wieder aus. Die herben Duftnoten dringen ganz tief in deine Lunge ein. Ja, der Herbst ist wirklich da. Ein Windstoß hebt die heruntergefallenen Blätter auf und lässt sie im Kreis drehen. Du bist mittendrin. Lass dich vom Blättertanz entführen. Vergiss die Zeit.

Aus dem Blättertanz wird langsam ein Schneetanz. Die kalten Schneeflocken umgeben dich mit ihrer ganzen Schönheit. Eine Schneeflocke fällt auf deine Haut und taut – ein Wassertropfen entsteht und rollt auf deiner Haut hinunter. Spürst du seinen Weg?

Die Sonne steht im Winter nicht mehr so hoch am Himmel. Es ist kalt und windig. Manche Tiere bekommen in der kalten Jahreszeit ein weißes Fell. Kennst du noch die kleinen Häschen vom Frühling? Nun sind sie schon groß und hüpfen fröhlich durch den weißen Schnee. Millionen von Schneeflocken fallen vom Himmel hinunter. Alles ist weiß, du kannst nichts mehr sehen. Mach deine Augen auf. Die warme Kuscheldecke wärmt dich auf. Willkommen zuhause."

Solche Erlebnisse sind für hochsensible Kinder von enormer Bedeutung. Sie können ihre Fantasie im vollen Umfang ausleben und fühlen sich dadurch gestärkt. Die gemeinsamen Meditationsübungen, Fantasiereisen und Aktivitäten machen glücklich und tun der gesamten Familie gut.

14. Tipps für Eltern

Nun sind wir schon fast am Ende dieses Ratgebers angelangt. Viele Höhen und Tiefen haben wir gemeinsam erlebt. Eins kann man definitiv sagen – das Elternsein ist ein Wunder, ein Abenteuer, eine besondere Aufgabe – Eltern zu sein ist toll!

Ja, es ist nicht immer einfach. Die Eltern und Kinder sprechen oft unterschiedliche Sprachen. Wenn man aber lernt, sich gegenseitig zu verstehen, sich zu respektieren sowie die individuellen Bedürfnisse aller Familienmitglieder zu berücksichtigen und zu akzeptieren, steht einem liebevollen und harmonischen Familienleben nichts mehr im Weg.

14.1. Wie du dein Kind besser verstehen lernst

Durch regelmäßige Überreizung können bei hochsensiblen Kindern Ängste und Unsicherheiten entstehen, die wiederum Stress auslösen. Dies äußert sich oft im Verhalten der Kinder. Durch viele Reize in der Umgebung entstehen Denkblockaden. Das Kind wird unsicher und zögerlich in seinen Tätigkeiten. Reaktionen auf diese Denkblockaden zeigen sich oft in Form von Unkonzentriertheit, Unruhe, Wut und Rückzug.

Die Kinder sind gestresst, die Eltern auch – ein Kreislauf. Denn gestresste Eltern strahlen viele zusätzliche Reize aus und überfordern die Kinder noch mehr.

Um diesen Kreislauf durchzubrechen, brauchen die Kinder Geduld und Verständnis seitens der Eltern.

Oft wird ein zurückhaltendes, ängstliches und auch aggressives Verhalten der Kinder falsch interpretiert und missverstanden. Die Eltern versuchen einen Grund für dieses Verhalten zu finden, oft ohne Erfolg. Sobald sie von der Hochsensibilität ihres Kindes erfahren, kommt eine enorme Erleichterung auf. Endlich verstehen sie den Grund für das besondere Verhalten ihres Sprösslings.

Schon jetzt hast du den richtigen Schritt getan, indem du diesen Ratgeber über die Hochsensibilität bei Kindern gelesen hast. Denn je mehr du über dieses Persönlichkeitsmerkmal weißt, desto besser wirst du dein Kind verstehen und unterstützen können. Das Wissen über die Hochsensibilität hilft dir, den Alltag mit deinem Kind gut zu meistern, es optimal zu fördern und all die Vorteile der Hochsensibilität auszuschöpfen.

14.2 Der Umgang mit den eigenen Emotionen

Wenn ein Kind auf die Welt kommt, kann es seine Emotionen und Gefühle nicht kontrollieren. Erwachsenen gelingt es in der Regel gut: Mit der Zeit haben wir gelernt, unsere Emotionen zu regulieren und uns in dem gesellschaftlichen Kontext richtig zu verhalten. Wenn es aber zu viel wird, kann es vorkommen, dass die Erwachsenen auch an ihre Grenzen kommen. Das kann man gut im Alltag beobachten.

Wenn der Arbeitstag zu stressig war, seit drei Stunden der Magen knurrt und die lange Warteschlage im Supermarkt kein Ende kennt, funktioniert die Regulation der Emotionen auch bei Erwachsenen schlecht. Schnell reagieren wir auf unsere Kollegen, auf die nette Kassiererin und unsere liebsten Familienangehörigen gereizt.

Auch der Alltag mit einem hochsensiblen Kind kann die Eltern schnell "auf die Palme" bringen und überfordern. Wenn das Kind zum vierten Mal jammert und schreit, weil es seinen Willen durchsetzen möchte, kann es sehr schnell sehr anstrengend werden. An dieser Stelle ist es enorm wichtig, sich unter Kontrolle zu halten und nicht die Fassung zu verlieren. Dies ist nur dann möglich, wenn du dein Kind und die Gründe für sein Verhalten verstehst.

Wenn ein Kind auf die Welt kommt, kann es seine Emotionen selbst nicht regulieren, das heißt, dass es eine Regulation von außen benötigt. Die frischgebackenen Eltern tun es automatisch: Sobald der Säugling weint, nehmen sie ihn auf den Arm und versuchen, ihn zu beruhigen. Mit dem Heranwachsen der Kinder nimmt diese Verhaltensweise der Eltern ab. Die Fähigkeit, das eigene Verhalten und die Emotionen zu steuern, entwickelt sich erst im Vorschul- sowie Jugendalter. Selbstverständlich sollten die Eltern ihrem Kind die eigenständige Entwicklung der emotionalen Kompetenz und die Selbststeuerung der Gefühle ermöglichen. Jedoch braucht ein zwölfjähriges Kind in schwierigen Lebenslagen und emotionalen Situationen die gleiche liebevolle Unterstützung und Beruhigung seitens der Eltern wie ein zweijähriges Kind.

Die Regulierung der Emotionen will gelernt sein. Das Bewältigen der Gefühle und die Kontrolle der Handlungsimpulse brauchen Übung und Zeit.

Behalte immer im Hinterkopf, dass dein Kind (auch im Jugendalter) seine emotionale Entwicklung noch nicht vollzogen hat.

Die Selbstregulation befindet sich noch in der Entwicklungsphase und du bist die Basis für eine gesunde emotionale Entwicklung des Kindes. Sei ein Vorbild – und schon fällt dir der Umgang mit deinen eigenen Gefühlen und Emotionen viel leichter.

14.3 Selbstfürsorge und Stressbewältigung

Ein hochsensibles Kind zuhause zu haben, kann stressig sein. Problematisch wird es dann, wenn der Stress zu einem Dauerzustand wird und es kaum Entspannungsphasen gibt. Verbleiben die Stresshormone eine längere Zeit im Blut, unterdrücken sie die Aktivität der Immunzellen. Folglich wächst das Risiko für Herz-Kreislauf-Erkrankungen und Stoffwechselstörungen. Um dies zu vermeiden, sind regelmäßige Entspannungsphasen besonders wichtig. Zudem stärkt Selbstfürsorge dein Selbstvertrauen und Selbstbewusstsein.

Schaffe Wohlfühlmomente und Zeit für dich!

Im stressigen Alltag vergessen wir oft, auf uns selbst aufzupassen und eigene Bedürfnisse zu respektieren. Dabei ist die Selbstfürsorge enorm wichtig und trägt einen großen Teil zum Wohlbefinden und zur Zufriedenheit bei. Und wie das so schön heißt: zufriedene Eltern – zufriedene Kinder. Also, die Ausreden *"Ich bin Mutter/Vater, ich muss jede freie Minute mit meinem Kind verbringen"* gelten nicht! Um glücklich zu sein, braucht jedes Kind glückliche Eltern. Und die Eltern können nur dann glücklich sein, wenn sie sich regelmäßig Wohlfühlmomente gönnen und auf ihre Bedürfnisse achten.

Nimm dir Zeit für dich

Nimm dir vor, täglich mindestens 30 Minuten Zeit für dich zu nehmen. Mach in dieser Zeit das, was dir Spaß macht: lesen, zeichnen, eine Serie anschauen oder Yoga. Diese halbe Stunde sollte dir gehören und nur dir. Gehe in dich, atme durch und genieße diese Zeit.

Selbstfürsorge dank Achtsamkeit

Achtsamkeit hilft dir, auf deine Bedürfnisse zu achten und deine persönlichen Grenzen kennenzulernen. Versuche folgende Fragen zu beantworten:

- Achtest du ausreichend auf deinen Körper?
- Was tut dir und deinem Körper gut?
- Aus welchen Momenten und Aktivitäten schöpfst du Kraft?
- Hast du Zeit für dich?

Schreibe die Fragen auf einen Zettel und hänge ihn an eine gut sichtbare Stelle. Das führt automatisch dazu, dass du achtsamer zu dir bist.

Achte auf deine Grundbedürfnisse

Zu den Grundbedürfnissen gehören in erster Linie der Schlaf, die Ernährung sowie die Bewegung. Optimalerweise gönnst du dir täglich acht Stunden Schlaf. Eine ausgewogene Ernährung und drei Stunden Sport pro Woche tragen ebenso zu deinem Wohlbefinden bei.

Wenn trotz der regelmäßigen Erholungspausen Stress aufkommt, möchte ich dir fünf Stressbewältigungs-Strategien mit auf den Weg geben:

Stressabbau kann auch durch Worte erfolgen. Und damit ist nicht das Schreien gemeint. Nein. Damit ist gemeint, dass du dir eine Vertrauensperson suchst, der du deinen Kummer anvertrauen kannst. Schäme dich nicht, über deine Probleme zu reden. Das zeigt nicht deine Schwäche, sondern deine Stärke! Lass dir einen Rat geben, lass dich trösten. Sogar eine kleine Kaffeepause mit der besten Freundin kann Wunder bewirken.

Akzeptanz von Stress und positive Einstellung. Der Stress gehört zum Leben dazu. Wichtig ist, zu erkennen, wenn du überfordert bist. Hol dir Unterstützung und ändere deine Einstellung zum Stress. Oft entsteht Stress aufgrund der hohen Anforderung an sich selbst. Leg deinen Perfektionismus ab. Es dürfen Fehler passieren, es darf mal geweint werden. Niemand ist perfekt. Wir sind alle Menschen! Erkenne deine Leistung an und lobe dich selbst!

Mit Sport dem Stress den Kampf ansagen! Sport ist eine ausgezeichnete Methode, um dem Stress entgegenzuwirken. Wenn wir uns bewegen, werden vom Körper Stresshormone abgebaut und wir entspannen uns. Es muss nicht immer Power-Aerobic im Fitnessstudio sein. Nach einem einfachen Spaziergang an der frischen Luft wirst du dich auch gleich viel besser und motivierter fühlen.

Iss den Stress weg! Kaum zu glauben, aber mit gesunder Ernährung machst du dich stressresistenter. Ungesättigte Fettsäuren, die im Olivenöl, in Nüssen und Avocados vorhanden sind sowie Lachs, Haferflocken, Bananen, Wassermelonen und Kiwis senken deinen Blutdruck.

Auch Kartoffeln und Hülsenfrüchte zählen dank eines hohen Gehalts an Vitamin B1 zur perfekten Nervennahrung.

Ein gutes Zeitmanagement ist der wahre Stresskiller! Erstelle dir eine Tages- und Wochen-To-Do-Liste. Setze unbedingt Prioritäten. Was muss zuerst erledigt werden? Was kann noch warten? Die Ordnung im Kleiderschrank ist sicherlich weniger wichtig als das Prüfen der schulischen Hausaufgaben. Bestimme, soweit es geht, die genauen Uhrzeiten für deine Aufgaben. Vergiss dabei nicht, genügend Pausen einzuplanen. Oft ist weniger mehr.

Wenn du auf deine Bedürfnisse achtest, diese auch respektierst und akzeptiert, wirst du und auch dein Kind entspannter durch das Leben gehen.

14.4 Ratschläge für hochsensible Eltern

Schlaflose Nächte, ständige Verfügbarkeit, viele Herausforderungen in der Schulphase und Betreuungsprobleme – das Elternsein ist nicht einfach. Ein hochsensibles Kind macht die Elternschaft noch schwieriger. Was aber tun, wenn man als Elternteil selbst hochsensibel ist? Solche Eltern sind oft verzweifelt und fühlen sich hilflos. Der Alltag zehrt an ihren Kräften. Viele hochsensiblen Eltern haben die gleichen Eigenschaften wie die hochsensiblen Kinder. Sie denken viel zu viel nach, hinterfragen ständig, haben sehr hohe Ansprüche an sich selbst und sind enorme Perfektionisten. *Sind meine Erziehungsmethoden gut? Bin ich eine gute Mutter/ein guter Vater? Fördere ich mein Kind genug?*

Das sind Fragen, die ständig durch die Köpfe der HS-Eltern schwirren und sie mental überfordern.

Zudem fällt es den hochsensiblen Eltern schwer, ihr Kind in die Fremdbetreuung zu geben. Die ständigen Sorgen um das Kind beherrschen ihren Alltag. Dies führt dazu, dass die Eltern nicht entspannen können und für sich kaum Zeit haben. Auf Dauer führt solch ein Zustand zur Überforderung und zu Depressionen, die sich wiederum negativ auf die Elternschaft auswirken. Es entsteht ein Kreislauf. **Damit es soweit erst gar nicht kommt, habe ich für hochsensible Eltern folgende Tipps:**

- Nimm Hilfe an. Eine perfekte Mutter oder ein perfekter Vater zu sein, heißt nicht, dass du alles selbst machen musst. Hole dir Unterstützung von Großeltern und Freunden.
- Lerne, mit Stress umzugehen. Wie wäre es mit einem abendlichen Entspannungsbad? Das Badewasser mit ätherischem Lavendelöl beruhigt und entspannt deine Sinne. So aktivierst du deine Reserven für den nächsten Tag.
- Nimm dir Zeit, um über deine Bedürfnisse und Wünsche nachzudenken. Hör damit auf, dich für etwas zu schämen und an dir zu zweifeln. Ein gesunder Egoismus ist für ein glückliches Leben essentiell.
- Vergiss nicht, dass du das Vorbild für dein Kind bist. Lebe ihm ein positives Leben vor. Lernt gemeinsam, den Stress abzuwerfen und selbstbewusst mit Problemen umzugehen. So könnt ihr beide in eurer Persönlichkeit wachsen.
- Ein strukturierter Tagesablauf hilft, Stresssituationen vorzubeugen. Plane nicht zu viel, achte auf regelmäßige Ruhepausen, in denen du loslässt. Sei liebevoll zu dir.

Aufgrund der intensiven Wahrnehmung der Umwelt wird das Gehirn der hochsensiblen Eltern stark beansprucht, so dass HSPs häufiger Kopfschmerzen bekommen.

Regelmäßige Entspannungspausen, Öl-Massagen und Tee mit beruhigenden Bachblüten können Kopfschmerzen vorbeugen.

Da die Stresssituationen nie komplett vermeidbar sind, kann es zu körperlichen Beschwerden kommen. Chronischer Stress kann zu Schwindel, Verdauungsbeschwerden, Schlafstörungen, Herz-Kreislauf-Erkrankungen sowie Depressionen führen. Achte auf deine Gesundheit, sei achtsam zu dir und gönne dir genug Auszeit.

So gehst du mit deinen Gefühlen um

Die Gefühle gehören zu unserem Leben dazu und machen es lebens- und liebenswert. Wenn wir unsere Kinder lachen sehen, macht es uns glücklich. Wenn wir unser langersehntes Ziel erreichen, sind wir stolz. Doch was ist, wenn uns die negativen Gefühle überrennen? Wut, Enttäuschung, Neid, Traurigkeit – den hochsensiblen Eltern kann es schnell zu viel werden, sodass bereits auf Kleinigkeiten gereizt reagiert wird. Ein Gefühlschaos entsteht. Wichtig ist, dass du deine Gefühle nicht in den Tiefen deines Unterbewusstseins versteckst. Wenn du all deine negativen Gefühle in dir sammelst, wird früher oder später der Druck zu groß und du wirst wie ein Vulkan explodieren. Die Sammlung der negativen Gefühle wird mit der Zeit auch die positiven Gefühle unterdrücken – die Lebensfreude schwindet, Depressionen entstehen. Zeige deine Gefühle, rede mit deinem Partner, mit deinem Kind, mit Freunden. Erzähle, was dich verletzt hat, was dich traurig macht – es ist menschlich, Gefühle zu zeigen, ehrlich zu sich selbst und anderen gegenüber zu sein. Das macht dich zu einem tollen, liebenswerten Menschen.

Trotz einiger Nachteile der hochsensiblen Elternschaft hat die Hochsensibilität der Eltern auch eine gute Seite – deine empathische Kompetenz! Du spürst dein Kind ganz genau. Seine Gestik und Mimik kannst du bestens interpretieren. Dank der tiefgründigen Gespräche weißt du genau, was in deinem Kind vorgeht. Das ist eine wichtige Erkenntnis für die Erziehung.

Du bist toll! Und dein Kind liebt dich, so wie du bist.

Schluss

Die Reise ist vorbei...

Nun sind wir am Ende dieser spannenden Reise in die Welt der Hochsensibilität angelangt. Einerseits ist es traurig, dass die Reise vorbei ist, andererseits geht die Reise weiter. Denn die Hochsensibilität lebt unter uns und in uns. Vergiss nicht: dein Kind ist nicht allein. Etwa 20 Prozent der Menschen tragen dieses außergewöhnliche Geschenk in sich.

Ich hoffe, dass...

... dir mein Wissen, meine Meinung, Erfahrung und meine Ratschläge geholfen haben.

... du die Hochsensibilität nun mit anderen Augen siehst. Als etwas Normales und Menschliches.

... dieser Ratgeber zu mehr Aufklärung verhilft und die Hochsensibilität in unserer Gesellschaft ihren festen Platz findet.

Ich wünsche dir viel Kraft und die Überzeugung, nach deinen eigenen Prinzipien zu handeln und dich nicht von anderen irritieren zu lassen. Sei du selbst – eine tolle Mutter, ein starker Vater, ein liebenswerter Mensch.

Und vergiss nicht: *Jeder Mensch ist einzigartig und individuell. Manche sind introvertiert, manche extrovertiert, einige sind selbstbewusst und unempfindlich, andere sensibel und gefühlvoll.*

Wir sind alle unterschiedlich – und es ist auch gut so.

Über die Autorin

Die Autorin Brigitte Bacher verfasst regelmäßig Ratgeber im Bereich „Familie & Kinder". Als ausgebildete Gesundheitstrainerin und Ernährungsberaterin möchte sie Eltern dazu anregen, deren Wohlbefinden sowie das ihrer Kinder zu steigern.

„Jedes Kind hat das Recht, so akzeptiert und geliebt zu werden, wie es ist", erzählt die herzliche Autorin. Sie vertritt die Ansicht, dass es keine „komplizierten Kinder" gibt. „Eltern brauchen lediglich den richtigen Umgang mit den individuellen Bedürfnissen und Fähigkeiten ihres Kindes."

Ihr Wunsch ist es, mit ihren Büchern dazu beizutragen, dass Kinder gesund und behutsam aufwachsen beziehungsweise optimal gefördert werden. Brigitte beschäftigt sich seit über zwölf Jahren intensiv mit der Pädagogik. Außerdem ist sie leidenschaftliche Köchin und liebt es, ihre Familie mit gesunden Gerichten zu verwöhnen.

„Eine gesunde Ernährung ist für Kinder von elementarer Bedeutung, damit sie sich bestens entwickeln können“, lautet Brigittes Statement. Sie legt großen Wert auf eine frühe Gesundheitserziehung und rät allen Müttern und Vätern: „Wer ein Bewusstsein für eine gesunde und positive Lebensführung bei seinen Kindern schafft, der legt damit einen extrem wichtigen Grundbaustein.“

Die Autorin versteht sich in der Lage, mit jedem sensiblen Kind mitzufühlen, denn sie ist selbst eine feinfühlige Person. „Ich möchte sensiblen und gefühlsstarken Kindern helfen, da ich genau nachempfinden kann, was in ihnen vorgeht und was sie durchmachen, wenn ihr Umfeld sie nicht akzeptiert“, verrät die engagierte Autorin. Sie sieht die besondere Intensität, mit der manche Menschen Reize und Gefühle wahrnehmen, als etwas Positives an, nicht als Andersartigkeit. Aus diesem Grund rät sie allen Eltern mit sensiblen Kindern, diese voll und ganz anzunehmen so wie sie sind und stolz auf sie zu sein.

Brigitte wünscht Ihnen viel Vergnügen beim Lesen ihrer Bücher und hofft, Ihnen mit ihren liebevollen Büchern den Erziehungs- und Familienalltag zu erleichtern.

Danke

Vielen Dank dafür, dass du mein Buch gelesen hast.

Wenn ich dich beziehungsweise dein Kind mit meinem Buch inspirieren und euch weiterhelfen konnte, freue ich mich sehr.

Ich hoffe, dass es deinem Kind wunderbar gelingt, das versteckte Potenzial in sich zu entdecken und sich zu entfalten.

Alles Liebe,

Deine

Ich freue mich auf dein Feedback

Für mich ist es sehr wichtig, Feedback zu meinem Buch zu bekommen. Wenn du Anregungen oder Verbesserungsvorschläge hast, so schreibe mir doch bitte eine Mail an:
info@virtuoso-verlag.de

– bevor du eine schlechte Bewertung abgibst. Ich freue mich sehr über konstruktive Kritik. Da es mich viel Zeit und Energie gekostet hat, dieses Buch zu erstellen, wäre ich dir sehr dankbar, wenn du mir anstelle einer schlechten Bewertung deine Verbesserungsvorschläge persönlich zukommen lässt. Denn dann hätte ich eine Chance, deine Kritik anzunehmen und mein Buch zu verbessern.

Über eine kurze Rückmeldung in Form einer Rezension auf Amazon würde ich mich ebenfalls sehr freuen. Diese kannst du wie folgt erstellen: Besuche auf Amazon.de die Produktseite des Artikels, für den du eine Rezension erstellen möchtest. Klicke unter Kundenrezensionen auf „Kundenrezension verfassen". Bewerte den Artikel und verfasse deine Rezension.

Alternativ kannst du diesen Link benutzen, der dich direkt auf die Seite leitet, auf der du deine bestellten Produkte bewerten kannst. Der Link ist verschlüsselt und sicher:
https://virtuoso-verlag.de/Amazon-Bewertung

Impressum

Brigitte Bacher

1. Auflage 2020

Kontakt:
"VIRTUOSO"
Athina Crane
Mittenwalder Str. 5A
82467 Garmisch-Partenkirchen
info@virtuoso-verlag.de

Covergestaltung: Virtuoso; Wolkenart – Marie-Katharina Becker, www.wolkenart.com
Lektorat: M. H.
Fotos: www.depositphotos.com,
Bildermaterial unter Lizenz von Shutterstock.com verwendet
Bilder: M. F.

Printed in Germany
by Amazon Distribution
GmbH, Leipzig

22116189R00075